비 오는
날의
오후

비 오는 날의 오후

김연미 산문집

초판 인쇄 2017년 05월 15일
초판 발행 2017년 05월 20일

지은이 김연미
펴낸이 신현운
펴낸곳 연인M&B
기 획 여인화
디자인 이희정
마케팅 박한동
홍 보 정연순
등 록 2000년 3월 7일 제2-3037호
주 소 05052 서울특별시 광진구 자양로 56(자양동 680-25) 2층
전 화 (02)455-3987 팩스(02)3437-5975
홈주소 www.yeoninmb.co.kr
이메일 yeonin7@hanmail.net

값 15,000원

ⓒ 김연미 2017 Printed in Korea

ISBN 978-89-6253-198-5 03810

* 표제 글꼴은 (사)세종대왕기념사업회에서 개발한 문체부 쓰기 정체입니다.

비 오는
날의
오후

어리숙한 농부의 어리숙한 농사 일기 ― 김연미 산문집

과정은 힘들었으나 열매는 아름다웠다
밤과 낮을 구분하지 않았고.
추위와 더위를 아랑곳하지 않았다
과일 하나하나에 맞춰진 초점이
일 년이라는 시간이 가는 동안 흐려진 적은 없었다
그 땀과 노력을 먹고 이렇게 열매들은
잘 자라 주었으니
감사하고 또 감사할 일이다

연안M&B

듣는 것은 보는 것보다
더 많은 것들을 느끼게 한다

　물살이 던져두고 가는 것들만 내 차지가 되었다. 빈 쭉정이 같은 것, 깨어진 것, 지치고 상처 입은 영혼들이었다. 제 의도와는 상관없이 물살에 떠밀리고 떠밀리다 가엾게 내 허리춤에 와 옷깃을 붙잡는 것들이었다. 선택은 나의 몫이 아니었고 나 역시 내 의도와 상관없이 그들을 받아들여야 했다. 반짝반짝 빛나는 것들은 내 손에 닿지 않고 흘러갔다. 그들 따라 흐를 용기도 없으면서 내 앞에 멈추어 선 남루들을 외면하고 싶었다. 시간에 대한 조급증이 신경의 끝점을 튕겨 낼 때, 나는 내가 뻗었던 짧은 뿌리를 거두어 스스로 물살이 되어 보기로 했다.

　다행스럽게도 거기는 내 고향이었고, 자연의 품속 깊숙한 곳이었고, 인간의 언어를 해독하려 애쓰지 않아도 되었다. 그렇다고 내가 자연의 언어를 능통하게 구사하거나 알아들을 수 있거나 하는 것도 아니었다. 단지 원초적 본능에 따라 몸을 움직이다 보면 그들의 언어가 어렴풋하게 혹은 또렷이 내게 다가오는 것을 느낄 수 있었다.

종종 '초보'라는 이름에 편승시켜 버린 나의 게으름과 무식과 무개념이 혹, 다른 사람들을 불편하게 하고 있지는 않을까 걱정을 했다. 그럼에도 불구하고 많은 이들이 괜찮다며 어깨 다독여 주었고, 난 그 위로에 천방지축 행복해했다. 나에게 제 목숨을 맡겼던 나무들도 원망 한마디 없이 나를 감당해 주었고, 남들과 때를 맞추어 내게 많은 선물을 안겨 주었다. 그중 하나를 이렇게 책으로 묶어내게 되었다.

　일주일에 한 번 인터넷 신문인 『제주의 소리』에 실었던 〈어리숙한 농부의 어리숙한 농사일기〉다. 일 년 동안 농사를 지으면서 일어났던 모든 일들에 관한 이야기. 집과 과수원 사이를 오가는 도로, 일하다 문득 올려다본 하늘, 더위를 피해 찾은 바다, 아무것도 하지 않는 비 오는 날의 오후도 소재가 되어 주었다. 그들과 만나고 그들의 이야기를 듣고 그들 속에 내가 끼어 있음으로 해서 행복한 시간들이었다.

내가 어떤 결정을 하든, 어떤 행동을 하든, 묵묵히 견디어 준 가족들에게 미안하고 감사한 마음을 전한다. 가장으로서 책임감 있게 사는 남편과, 오월의 초록잎 같은 마음을 가진 큰아들 가람이와 손끝으로 튕기면 또르르 굴러가는 물방울 같은 내 딸 가을이가 있어 행복하고 또 행복하다. 변변찮은 글을 소중하게 다루어 준 『제주의 소리』 관계자 여러분들께도 고마운 말씀을 드린다. 그리고 잘 닦여진 길을 버리고 삶의 방향을 틀도록 결정을 내렸던 나의 결심에게도 잘 했다고 어깨 다독여 주고 싶다. '잘 했어, 김연미!'

2017년 4월
김연미

| 차례 |

봄 길들여질 수 없다

여름 한라봉 매달기

가을 제대로 익고 싶다

겨울 감사하고 또 감사한 일

봄

길들여질 수 없다

터전을
옮기다

네가 살아야 나도 산다

두서없이 심어졌던 나무들을 정리한다. 한라봉 사이 천혜향, 천혜향 사이 황금향, 성격도 다르고, 취향도 다른 나무들이 서로 엉겨 살기가 팍팍했었다. 나무가 생길 때마다 욕심껏 여백을 채웠던 것이 화근이었다. 나무와 나무 사이 최소한의 여백까지 점령한 것들과, 상대적으로 크기가 작은 천혜향 머리를 제 몸으로 누르고 있는 한라봉을 솎아 냈다. 나무 사이에도 갑과 을이 있다. 제대로운 열매 하나 맺지 못하면서 무성하게 이파리와 가지를 늘리는 나무들이다. 이들은 옆에 있는 나무가 자기와의 힘의 균형을 놓친다 싶은 기색이 보이면 어김없이 달려들어 양분을 가로채고, 햇살을 빼앗는다. 점점 비대해지는 나무와 점점 사그라드는 나무. 감정적 일처리를 지양하기 위해 일부러 거리를 재고 꼭 필요한 나무를 살린다. 약자에게 마음이 끌리는 것은 동병상련의 정인가.

마지막 힘을 놓아 버린 나무가 뽑혀 나오자 햇살이 공간을 채운다. 어두침침하던 나무 사이가 밝아졌다. 삶의 가시만 키워 가던 천혜향이 조금 편안한 얼굴이 되었다. 한라봉 몇 그루 베어 낸 것 뿐인데 과수원 안의 분위기가 확 달라졌다.

하우스 한켠 빈 터에 나무 두 그루를 옮겨 심었다. 이파리가 무성하여 뿌리가 깊을 것이라 생각했지만 너무 쉽게 나무는 뽑혔다. 흙 한 줌 움켜쥐지 못하고 맨살이 드러난 나무를 구덩이에 놓고 흙을 덮는다. 흙심이 제법 깊다. 우리 어머니 가슴팍 같은 자갈투성이 밭이었는데 부지런을 최고의 재산이라 여기시던 그분의 노고이리라. 부드러운 흙을 골라 뿌리 사이를 메우고 물을 대었다. 몇 년 동안 거르지 않고 짚을 깔았던 흙이 가볍게 물 위를 부유하다 가라앉는다. 들떠 있던 것들이 차분해지면서 나무의 자세도 제법 제자리를 찾는다.

이식한 나무의 가지는 최대한 많이 잘라 줘야 한단다. 뿌리가 제자리를 찾아 기능을 다 하기까지 최소한의 양분으로 버텨야 하므로… 뭉텅뭉텅 자라 온 시간들을 자르고 최소한의 가지만 남겼다. 볼품없다. 그러나 이제 곧 새순이 자라고 이파리를 늘리고, 그 사이 꽃을 피우리라. 노랗게 익어 갈 귤을 꿈꾸며 시간을 넘기게 되리라.

20년 가까이 다니던 직장을 그만두었다. 무성한 게으름의 그늘과, 수시로 내 옆구리를 찌르는 회의감의 가시에서 벗어나야 한다고 생각했다. 그동안 뻗은 나의 뿌리를 포기하는 거였으므로 결론은 쉽지 않았다. 그러나 5년생 귤나무 뿌리보다 더 쉽게 내 시간의 뿌리는 뽑혔고, 뽑힌 자리는 흔적도 없이 곧 메워졌다. 무성한 과수원의 귤나무 하나 같은 존재였음을 새삼스레 느끼지만 거기에 미련을 두지 않기로 했다. 해야 할 일이 많았다. 과거보다 미래가 더 중요하므로….

최소한의 양분을 가지고 새로운 땅에 적응하려 노력하고 있다. 잘려진 내 가지와 뽑혀진 뿌리가 제자리를 찾기까지 조금은 힘에 부치는 시간들이 이어질 것이다. 혹여 끝내 제자리를 찾지 못하고 말라 버리지는 않을까 하는 두려움도 없지 않다. 그러나 너무 앞선 생각은 버리자. 지금 내게 필요한 것은 지금 이 순간 최선을 다하는 것. 그렇게 시간을 채우다 보면 앙상했던 내 몸에도 잎이 나고 꽃이 필 것이다. 운이 따른다면 달콤하게 익어 갈 열매 몇 개 열릴 것이고….

가지 두 개 겨우 얻어 서 있는 이식된 나무의 흙을 지긋이 눌러 본다. 움찔움찔 몸을 비틀던 나무가 어느 순간 얌전해졌다. 저나 나나 똑같은 입장이라는 걸 아는지 나를 보는 나무의 눈빛이 부드러워졌다. 그래, 잘 부탁한다. 네가 살아야 나도 산다. 서로 힘이 되어 보자.

덜어 냄의
시간

비대해진 욕심과 군더더기 게으름을 잘라 내고

일 년 동안 키운 제 새끼를 떠나보내느라 산고가 심했을 나무에게 가위를 댄다. 흐트러진 매무새를 가다듬기도 전에 들이댄 가위질에는 일말의 망설임이 없다. 수확기를 놓쳐 버린 열매 몇 개 가지에 매달려 있다. 추위에 동사해 버린 것들은 아직 제 어미의 곁을 떠나지 못하고 애절한 눈빛을 보낸다. 그러거나 말거나 농부의 생각은 오롯이 잘라 낼 가지만을 찾고 있다.

살집만 부풀리는 가지들과 열매의 무게 때문에 제멋대로 휘어진 습관들을 잘라 낸다. 햇살의 길을 방해하는 것, 양분에 욕심을 부려 다른 것들의 몫까지 빼앗을 수 있는 것, 작은 열매 하나 잉태하지 못하고 잉여의 가지로 남을 것들을 잘라 낸다.

귤나무 중심에서 그 수세를 자랑하던 가지에 가위를 댄다. 너무 확장된 가지는 다른 가지들의 성장을 방해한다. 단단하게 자란 나뭇가지가 가위를 물고 놓지 않는다. 이대로 무너지지 않겠다는 강한 의지가 농부의 손아귀에서 힘을 빼앗는다. 몇 번의 실랑이 끝에 손을 놓는 가지. 툭 떨어진다. 굵은 가지 몇 개 잘라 내고, 햇빛이 들어오는 양을 보면서 작은 가지를 다듬는 농부의 손길은 기계처럼 거침이 없다. 그 손놀림이 길어질수록 가벼워지는 나무.

가끔 내 몸에도 누군가 이런 가위질을 해 주었으면 좋겠다는 생각을 한다. 비대해진 욕심을 덜어 내고, 군더더기 게으름을 잘라 내고, 최소한의 양심과 최소한의 목숨으로 가볍게 세상을 살 수 있다면 얼마나 좋을까. 손가락 하나 움직이지 못하는 나약한 지성으로 인해 비현실적으로 몸집만 부풀어 버린 생각, 그 얼킨 가지들을 뚝뚝 잘라 내어 내 몸 구석구석마다 부신 햇살을 들여놓을 수 있다면 내 삶에도 작은 꽃 한 송이 피어날 수 있으려나….

봄에 돌아날 새싹의 자리를 보전하면서 가지를 솎아 나가는 전정은 숙련된 농부의 몫이다. 나처럼 어리숙한 초보 농부는 숙련자의 뒤에서 잘려진 가지나 치우는 게 상책. 아무렇게나 떨어져 있는 가지들을 한 곳으로 주워 모으는 일은 힘들다. 굽혔다 폈다를 반복하는 허리가 끊어질 것 같다. 게릴라의 총구처럼 손을 찌르는 가시들이 일을 방해한다. 어떤 일이건 초보자의 일은 숙련자의 그것보다 힘이 드는가 보다. 그러나 내 손으로 직접 전정을 해 보리란 속셈은 번번이 좌절되었다. 전정이 일 년치 귤 수확량과 직결된다는 사실 앞에서 말이다.

봄은 세상만물이 다 분주한 계절이다. 일 년 동안의 노고를 농부에게 다 바친 귤나무를 위해 이제 농부는 일 년을 나무에게 다 바쳐야 한다. 그 첫 번째 수행 과제 앞에서 농부의 손길은 쉴 새가 없다.

목련이
진들

순백의 영혼들이
꽃잎처럼 떨어졌던

아파트 정원에 목련 봉오리가 맺혔다. 겨우내 이파리 하나 없이 비쩍 말라 할머니 마른 젖가슴처럼 있던 봉오리에 물이 오른 것이다. 이상기온이다 뭐다 해도 때가 되면 어김없이 봄이 와 겨우내 움츠리고 있던 식물의 등을 펴게 하고, 땅속의 생명들을 일깨운다. 바쁜 일상에서 문득 이렇게 새싹을 마주 대할 때면 저 조그만 몸속에 광대무변한 우주의 신비가 간직되어 있다는 사실이 새삼 놀랍게 다가온다.

올해도 목련은 저렇게 봉오리 여물어 놓고, 요조숙녀처럼 양지바른 한쪽에 조용히 서서 철쭉이 세상을 불질러 놓을 때까지 기다릴 것이다. 그러다 온통 세상이 붉은색으로 미처 날뛸 때 조용조용 하얗게 다가와 그 불을 끄기 시작할 것이고, 때가 되면 나머지는 자기와 아무 상관이 없다는 듯 툭툭 손 털고 제 갈 길을 가 버릴 것이다.

> 목련이 지는 것을 슬퍼하지 말자
> 피었다 지는 것이 목련뿐이랴
> 기쁨으로 피어나 눈물로 지는 것이
> 어디 목련뿐이랴
> 우리네 오월에는 목련보다 더 희고
> 정갈한 순백의 영혼들이
> 꽃잎처럼 떨어졌던 것을
>
> _박용주 〈목련이 진들〉 1연

'목련이 지는 것이 무에 그리 슬프냐'고 되묻던 시인이 있었다. 중학교 2학년이었던 박용주, 1987년 전남대학교 오월문학상에 〈목련이 진들〉이라는 시로 당선된 시인은 그의 다른 시들과 같이 『바람찬 날의 꽃이여, 꽃이여』라는 시집을 냈다.

교정에 최루탄 냄새가 한시도 가실 날이 없었던 1980년대 후반, 학교 시위대 선봉을 이끌던 국문학과 학생으로 살아간다는 것은 참으로 어려웠다. 강의실에서 수업을 받거나, 도서관에서 책을 보거나, 민주광장의 집회에 참석을 하더라도 치열하게 살아가지 못하는 자책이 늘 나를 괴롭혔다. 누군가의 눈총을 의식해야 했고, 그

따가운 시선에 쫓기듯 살아야 했다.

시대는 젊은이들의 용기와 피를 요구하고 있었다. 같이 공부하던 학생들이 밤새 경찰에게 잡혀가고, 목숨 내놓고 단식투쟁을 하고, 시위대의 선봉에서 나라의 민주화와 정의를 부르짖는데 내 몸 하나 건사하겠다고 그들을 못 본 척 비겁하게 고개 돌리는 자신이 항상 부끄러웠다. 이 시대의 용기가 되지 못하고 피를 나누지 못하는 자신에 대해 늘 회의감과 열등의식에 싸여 있었다.

그런 내게 더 아프게 나를 매질했던 시가 바로 '박용주'의 〈목련이 진들〉이라는 시였다. 목련이 떨어지는 게 하나도 슬프지 않다던 학생, 목련이 떨어지는 것보다 순백의 영혼이 우수수 떨어졌던 1980년 5월 광주가 더 아프지 않냐고 당당하게 목소리를 높이던 어린 중학생 시인이었다.

나는 행동하지 못하는 비겁한 학생이었지만 박용주의 시집을 끼고 살았다. 그의 시를 줄줄 외우고 다녔고, 누군가에게 무얼 주어야 할 때면 어김없이 그 책을 사서 주었다. 아픈 시대를 살면서 무엇이 진정 아픈 것이고, 무엇이 진정 슬픈 것인지, 그것만이라도 똑바로 구분할 줄 안다면 박용주님의 시가 말하는 의미를 반쯤은 이해한 것이고, 그러다 보면 모르는 사이 세상은 변화의 물결로 흐를 수도 있지 않을까 하는 나만의 위안에서였다. 부끄럽지만 그게 내 양심이 보여 준 최선의 행동이었다. 그러다 보니 정작 내 책장에는 지금 그의 시집이 한 권도 남아 있지 않다.

그 후 박용주는 한 권쯤 시집을 더 내었던 것 같다. 그리고 그의 소식은 더 이상 들을 수 없었다. 지금 그의 나이 40대 초반일까. 세상을 이끌어 갈 충분한 나이가 되었는데….

2000년을 훌쩍 넘어선 지금, 시대는 또다시 정의와 진리와 진실과 사랑, 온갖 긍정의 단어가 부정되어 버리는 바람찬 날이 되었다. 여전히 사람들은 입을 다물고, 나 또한 고개를 옆으로 돌린 채 살아가고 있다. 목련의 가지에서 세상을 보기 위해 안간힘을 쓰고 있는 꽃잎들의 아우성을 듣는다. 햇살은 그들을 따뜻하게 쓰다듬으며 하루를 넘기고, 바람도 가끔씩 불어와 그들이 뱉어 놓은 아우성의 비릿한 냄새를 비워내 주고 있다.

혁명 같은 개화를 위해 끊임없이 움직이고 있을 목련 앞에서, 기다린다. 바람에 떨어진 순백의 영혼을 위해 꽃잎이 떨어지는 것을 슬퍼하지 말라고 얘기할 수 있는 또 다른 이 시대의 박용주를. 꽃보다 더 아름다운 사람을 진정 가여워할 줄 아는 그런 박용주가 올봄 목련보다 더 활짝 피어나기를 간절히 기다린다.

더하기와
빼기 사이에서의
곡예비행

나무로서의
정체성을 유지시키기 위해
농부가 해야 할 일

엊그제 뿌려 준 유기농 비료 위에 하얀 성에 같은 것이 끼어 있다. 손으로 만지면 손가락 세포가 미처 인식하기도 전에 녹아 없어져 버릴 것 같은 얇은 솜털 같은 것들이다. 하얀 베개 솜털을 한 줌씩 뽑아내어 여기저기 뿌려 놓은 듯하다. 비료를 뿌리고 난 뒤 준 물 때문에 유기농 비료가 분해되고 있는 것이리라. 약간 상한 닭똥 냄새가 하우스 안에 꽉 차 있다. 비닐 봉투 속에서 갓 나왔을 때와는 또 다른 냄새다. 그 냄새에 반응하지 않고 지나치기엔 내 경력이 턱없이 모자란다. 더구나 하우스 안의 열기는 냄새를 더 과장시켜 내 코를 농락하고 있다. 익숙해져야 한다. 비료의 형체가 사그라들수록 나무는 더 튼튼해질 것이고, 열매는 아름다울 것이다. 부지런한 나무들이 양껏 양분을 흡수하는 냄새라 생각하자. 이 냄새가 의식되지 않을 때, 혹은 불편하지 않게 되었을 때, 나도 누군가에게 농부라는 명함을 조심스레 내밀 수 있게 되지 않을까.

나무 아래 깔려 있는 짚을 걷어 내고, 흙을 살살 긁어 낸다. 지렁이 한 마리 움찔 놀라 바둥거린다. 앞과 뒤가 구별이 되지 않는 몸놀림. 가만히 있는 자신을 깨웠다는 강력한 항의가 몸부림에 배어 있다. 얼른 흙과 함께 다른 곳으로 옮겨 준다. 놀라기는 나도 마찬가지다. 식물성 생명체만 가득한 밭에서 나 외의 동물을 만나는 것은 그리 유쾌한 일이 아니다. 예쁘다거나 귀엽다는 단어와는 담을 쌓은 그것들은 통보 한마디 없이 나타나 나를 놀라게 한다. 지렁이의 잠을 방해한 것은 미안한 일이지만 그렇게까지 호들갑 떨 필요야 없는 거 아닌가. 저나 나나 놀라기는 마찬가지인데 왜 나만 그 책임을 다 져야 한단 말인가. 흙을 긁어 내는 손에 힘을 조금 뺀다. 언제 어떻게 나타날지 모르는 지렁이나 지네 같은 것들의 항의에서 좀 벗어나 보려는 속셈이다. 가끔 사슴벌레인지, 하늘소인지 바스라지다 남은 껍질이 흙과 함께 올라온다. 껍질이 나온다는 것은 여기에 애들의 서식처가 있다는 말인데 아직 그 실체를 확인하지는 못했다. 올해엔 만나게 될까. 혹 만나게 되면 잘 사귀어 봐야지.

나무 둥치를 감싸고 있던 흙부스러기들이 방울방울 굴러 나온다. 한라봉 아랫도리가 저항 한 번 없이 드러난다. 검은색이 약간 섞인 초록색 나무 둥치가 흙에 물리는 지점. 잔뿌리 몇 개 선수치듯 나온다. 잘라 낸다. 어디서나 모난 돌이 정을 먼저 맞게 되는 법. 잘려진 뿌리를 내려놓고 나무 밑둥치를 살핀다. 나무 둘레에 선명한 띠. 아랫부분과 윗부분으로 나누고 있다. 애초에 탱자나무였던 것이 한라봉 순을 받아들여 한라봉 나무가 된 흔적이다. 다 잊은 듯했지만 제 근본이 여기였음을 증명하는 부분이다. 탱자 나무의 몸에서 태어난 한라봉 나무. 그 둘을 이어 주는 탯줄 자국 같은 것이다. 탱자나무 부분이 아닌 한라봉 나무 기둥에서 뿌리 가 나기 시작하면 그 나무는 한라봉 나무로서의 수명을 다한 것 이란다. 열매가 달리지 않고 가지만 무성해서 더 이상의 효용가치 가 없는 나무가 되는 것이다. 그런 나무는 베어 내야 한단다. 나 무에게 준 거름이나 짚, 혹은 흙이 탱자나무와 한라봉 나무의 경 계지점을 넘지 않도록 둥치에 쌓인 흙을 덜어 내 주고 있는 것이 다. 그리고 보면 흔적조차 필요 없는 것처럼 여겨졌지만 탱자나무 는 탱자나무의 역할이 따로 있었던 것. 아무도 알아 주지 않았지 만 제 역할을 묵묵히 수행하며 한라봉 나무로서의 정체성을 지켜 내고 있었던 것이다. 제 역할의 중요성을 모르고 남의 일에 간섭 하려고 들 때 우리 사회도 잎만 무성한 채 열매 하나 맺지 못하는 불구의 나무가 되는 것이려나….

아직 경계지점을 벗어난 잔뿌리는 없다. 적당한 시점에서 적당한 조치를 해 주는 것이다. 한라봉 나무로서의 정체성을 유지시키기 위해 농부가 해야 할 일은 생각보다 많다. 주는 것과 덜어 내는 것 사이에서 적당한 지점을 잡고, 그 지점에서 꼭 필요한 무언가를 해 주는 것, 유능한 농부가 되는 첫걸음이다. 더하기와 빼기 사이에서 아슬아슬하게 곡예비행을 하고 있는 나의 하루가 짧게 간다.

부르고 싶지 않은
이름이여

농부의 눈으로 바라보는
괭이밥의 이중성

시를 쓰고부터 '잡초'라는 단어를 쓰지 않기로 했다. 이 세상의
모든 만물은 그 존재 이유가 있고, 그렇기에 존엄성을 보장받아
야 하며, 고유의 이름을 갖고 있다는 사실은 그걸 증명해 준다고
생각했다. 내가 그의 이름을 불러 주었을 때 그는 내게로 와서 하
나의 의미가 되어 주었다는, 그래서 그 이름들과 눈을 맞추고 그
들이 내게 걸어오는 이야기를 받아 적는 게 시인의 역할, 곧 나의
역할이라고… 그렇게 생각했다.

잡초라는 이름 아래 무시된 존엄성을 찾기 위해 식물도감을 펼
쳐 가며 이름을 기억하고, 정확한 모양을 알기 위해 카메라를 들
이댔다. 신기하게도 이름을 알게 되면 그들의 전하는 무궁무진
한 이야기가 들리기 시작했고, 그들의 이야기를 듣다 보면 어느새
세상으로 뻗어 있는 내 몸의 가시들이 사라지는 듯한 기분을 느

끼게 해 주었다. 세상은 참 아름다운 곳이구나. 거기에 속해 있는 나도 그 아름다움의 일부가 될 수 있으려니… 그 생각이 나를 안도하게 했다.

그러나 농부의 눈으로 바라보는 괭이밥은 얼마나 이중적이었던 가. 어린 순에서 나는 새콤달콤한 맛과, 앙증스러운 노란 꽃, 세심 한 바람에도 손을 흔들어 주는 귀엽고 예쁘던 꽃이었다. 그러나 손 가락 한마디 정도 줄기만으로도 하나의 개체를 형성해 가는 지긋 지긋한 생명력, 여리디 여린 이파리와 작은 꽃잎으로 위장을 하고, 어두운 땅속에서 끝을 알 수 없는 탐욕처럼 뿌리를 늘려 가는 괭이 밥. 콩깍지처럼 생긴 열매에서 폭죽처럼 터지는 씨앗들의 비행은 어 리숙한 농부를 얼마나 또 놀라게 하던가. 노랗게 익어 가는 감귤 마다 난데없이 깨알 같은 점이 생긴 것이다. 듣도 보도 못한 새로 운 병에 걸린 건 아닌가, 가지를 꺾어 들고 농협을 찾아갔다. 그게 괭이밥 씨앗이라는 얘기를 듣고도 믿을 수 없었던 건, 지면에 딱 달 라붙어 자라는 그 작은 괭이밥 씨앗이 그렇게 높은 곳까지 튀어 오 를 수 있다는 사실을 예전엔 미처 몰랐기 때문이었다. 이들이 이렇 게도 무시무시한 존재였던가. 잠깐 방심하는 사이 기하급수적으 로 개체수를 늘려 가며 과수원 전체를 순식간에 점령해 버렸다.

제초제를 치면 된다고 귤나무 아래 양탄자 깔 듯 늘어 가는 대 로 괭이밥을 놔두었다. 이파리 파릇파릇할 때 제초제 한 방이면 다 끝날 거니까 번식할 수 있을 때 맘껏 해 보라고… 그런데 뿌리 가 성한 식물은 제초제로도 제거하기 곤란하단다. 물론 뿌리를 죽이는 제초제가 따로 있기는 하지만 그건 귤나무에도 피해를 줄 수 있기 때문에 사용할 수 없다는 것. 결국 다 손으로 매는 수밖에 없다는 절망적 사실 앞에 난 무너지고 말았다. 그러나 어쩌랴.

무거운 몸의 중심을 발목에 의지하고, 오리걸음으로 온 과수원을 돌아다닌다는 것은 무엇보다도 힘들었다. 나잇살이라 우기는 두툼한 뱃살 때문에 쪼그려 앉기도 힘든데다, 자꾸 뒤로 넘어가는 엉덩이의 무게중심까지 발목으로 끌어오려니 김을 매는 것보다 앉아 있는 게 더 힘들었다. 거기다 스크럼 짜듯 서로 얽혀 있는 괭이밥의 뿌리는 양탄자 말듯이 떼어 내야 했다. 괭이밥의 뿌리 한 끝을 잡고, 호미로 땅을 긁어 가며 살살 말아 올리면 옷감처럼 얽힌 괭이밥 뿌리들이 흙과 함께 말려 올라왔다.

호미를 잡은 손아귀의 힘이 빠지고, 손목에서부터 시작된 통증이 어깨 쪽으로 뻗쳐 갈 때, 그리고 몸무게를 감당하느라 지친 발목의 통증이 지속될수록 괭이밥의 이름은 그냥 잡초로 돌아가 있었다. 내 과수원에서 뽑아내고 없애야 할, 존엄성도 대화의 상대도 아닌 그냥 잡초.

하루 종일 흙과 잡초와 호미와 씨름을 하다 뒤를 돌아본다. 패잔병처럼 처절하게 널브러진 잡초가 허연 뿌리를 드러낸 채 햇볕에 마르고 있다. 은근한 이 쾌감. 치열한 전투에서 승리를 한 장수의 미소를 따다 순간 움찔한다. 아, 저렇게 많은 주검 앞에서 쾌감을 이야기하고 있다니….

천남성이 있는
풍경

절벽 아래 있다는 동굴 같은.
더 아래로 내려가면 있다는
바다와 같은.

마을 서쪽으로 큰 내창이 있었다. 아마 한라산 어느 중턱부터
시작될 것이라고 막연히 생각되는 그런 내창이 도착지인 바다를
목전에 두고 우리 마을을 에돌아 나가고 있었다. 마을에서 가까
워 늘상 아이들의 놀이터가 되기도 하고, 우리 마을과 이웃 마을
의 경계선이 되기도 하며 남원읍과 표선면을 가르기도 하였다.

우리 마을과 이웃 마을을 이어 주던 길이 내창을 건너는 곳에
다리가 있었다. 지금이야 자동차들이 달리는 번듯한 왕복 사차
선 다리가 놓여 있지만 우리가 어릴 때만 해도 내창의 울퉁불퉁한
바위 사이에 다른 돌들을 날라다 평평하게 만들어 놓고, 우마차
가 지나가도록 시멘트를 발라 놓은 게 다리의 전부였다. 아마 더
이전에는 징검돌 몇 개가 놓였거나 아니면 사람 발자국이 낸 길을
따라 그냥 다녔을 것이다. 내창 바닥과 키 높이를 맞추려던 길은

심하게 아래로 곤두박질치다가 숨가쁘게 몸을 솟구쳤다. 때문에 가끔 힘없는 말이 마차에 끌려 뒷걸음을 치기도 하고 눈이 쌓인 날이면 비료 포대를 든 아이들의 놀이터가 되기도 하였다. 큰 비가 오고 나면 다리는 여기저기 제 살을 떼어 물살에 내어주고 마을 어른들의 눈치를 보곤 했다. 바쁜 시간을 쪼개서 사람들은 삽질과 등짐만으로 예전보다 좀 더 번듯하게 혹은 예전 모습에 겨우 시늉만 하는 모습으로 다리를 재탄생시켜 놓곤 했다.

우리는 그곳을 '고땅'이라 불렀다. 옛땅이라는 의미인지 지대가 높다는 의미인지, 아니면 다른 의미가 있는 것인지는 알 수 없었다. 태어나 걸음을 뗀 후 또래들을 찾기 시작하면 아이들의 놀이터는 올레가 된다. 흙장난과 소꿉놀이를 하며 다리를 튼튼히 하고, 말을 익히고 나면 아이들은 큰 길이나 마을회관 마당으로 나와 남자아이들은 전쟁놀이를 하고, 여자아이들은 방치기와 고무줄놀이를 했다. 훌쩍이던 코가 마르고, 코밑 솜털이 검으스레 굵어지기 시작하면 아이들은 이 고땅 다리 옆으로 모여들었다.

물이 흐르지 않는 내창은 아이들의 놀이터가 되기에 충분했다. 내창 한가운데는 굵은 물살이 흐르면서 잡다한 것을 다 쓸어버리기 때문에 물살을 이긴 나무와 바위뿐, 늘 깨끗했다. 커다랗고 평평한 바위가 뿌리를 내린 내창 한가운데 적당하게 그늘을 만들어 놓은 동백나무 몇 그루 기대서 자라는 자리, 그런 곳에 아이들은 아지트를 만들었다. 대통령실을 만들고, 과학실을 만들기도 하고, 미용실, 혹은 병원을 만들기도 했다. 날마다 꿈이 바뀌고, 희망을 바꾸면서 아이들은 자랐다. 상상과 꿈이 만들어 놓은 아지트가 시들해지면 아이들은 다리 아래로 모여들었다. 딱히 무슨 놀이를 하는 것도 아니면서 여자아이들은 여자아이들끼리, 남자아이들은 남자아이들끼리 이만큼 거리를 두고 모여 서서, 저들끼리 쑥덕거리다가 와르르 웃기도 하고, 가끔씩 남자아이들 쪽에서 여자아이의 이름이 소리 높이 불리워지고, 그러면 여자아이들 쪽에선 또 남자아이의 이름 하나가 키를 맞추어 불리워지면서 은근한 부끄러움과 이성에 대한 호기심과 알지 못한 세계를 넘보는 대범함이 범벅된, 그런 기운이 다리 아래 이편저편에 솟아올랐다.

아이들의 탐험에 대한 호기심은 어른을 능가하는 경우가 허다했다. 구부러진 내창을 돌아 한참을 올라가면 있다는 절벽에는 박쥐가 산다는 동굴이 있었다. 잘못하다간 동굴 속에서 길을 잃을 수도 있다는 얘기며, 거기에는 그렇게 길을 잃고 헤매던 사람의 뼈가 하얗게 삭아 있더라는 이야기, 남쪽으로 한참을 더 내려가면 바다가 나온다는 이야기며, 가다 보면 시퍼런 물이 고여 있는 곳이 있는데 거기는 아무리 긴 밧줄을 늘여뜨려도 바닥에 닿지 않을 정도로 깊다는 이야기며, 실제로 제가 갔다 온 것처럼 이야기하는 머리 굵은 남자아이들의 무용담을 넋 놓고 듣곤 했다.

두려울 것 없고, 그래서 거칠 것이 없었던 아이들에게도 못 가는 곳이 있었다. 내창과 평지의 경계, 숲이 우거지고, 덤불과 잡목이 우거져 어른조차 발길을 들여놓지 못하는 곳이 바로 그 경계지점이다. 거기다 물살에 밀려 내려오던 온갖 쓰레기들이 걸려 있어 보기에도 어딘지 음침하고, 으스스한 느낌이 들던 곳. 거기에 천남성이 자랐다. 두건을 깊숙이 눌러쓰고 무언가 음모를 감춘 듯한 모습으로 아이들이 하는 양을 아닌 척하며 지켜보고 있었다. 아이들도 그런 천남성을 흘끔거렸다. 이야기책 속의 나쁜 마왕 같은 모습, 저렇게 무관심한 척 서 있다가 어느 순간 아이들의 영혼을 빼앗아갈지도 모른다는 두려움, 벌집을 보면 기어이 떼어 내 발길에다 으스러뜨려 놓고, 길 잘못 든 뱀을 굳이 죽여야 직성이 풀리던 잔인성이 순진하게 자라던 아이들이었다. 그 아이들 손이 닿지 않는 곳에 알지 못할 얼굴로 서서 때때로 새빨간 응어리를 몽글몽글 토해 내며 예쁜 열매를 맺기도 하던 그 천남성은 두렵고도 호기심을 자극하던 존재였다.

아직 한 번도 가 보지 못했지만 절벽 아래 있다는 동굴 같은, 그리고 더 아래로 내려가면 있다는 바다와 같은 그런 세계였다. 저 천남성을 손에 넣는 건 곧, 더 큰 세상에 닿는 것과 같을 것이라는 그런 근거 없는 생각이 나의 유년을 채우고 있었다.

한라봉 꽃
솎아 내며

가지 하나에 꽃 하나
일직선 명제 앞에
잉여의 하얀 영혼들 별똥별로 내리고

4월, 성급한 계절이 봄의 계단을 얼렁뚱땅 넘어와 덜컥 여름의 문을 열어젖히는 시점. 한낮의 하우스 안은 한여름의 바깥 온도와 다를 바 없다. 그 시점에 맞추어 꽃을 솎아 내는 작업도 시작된다.

'꽃을 딴다'는 어감에 담긴 낭만적이고 목가적인 이미지. 그 이미지만으로 시작은 늘 좋다. 초록색 이파리 사이사이 신부의 부케처럼 순결한 꽃망울이 아침 공기보다 더 신선하게 눈을 자극한다. 향기로운 꽃 냄새가 하우스 안을 가득 채우고, 거기서 하루쯤 일을 하다 보면 내 몸에도 그 진한 향기 배어들어 꽃처럼 달콤한 사람이 되려나… 한다.

아직 이파리를 펼치지 못한 봉오리들이 아기 주먹처럼 가지에 매달려 있다. 세상에 대한 호기심 보따리를 꼭꼭 채운 채 언제 이 보따리를 풀어야 하나. 그 시점을 살피는 동안 보따리는 더욱더 부풀어오르고, 그러다 어느 순간 툭 꽃잎이 벌어진다. 다섯 개의 하얀 꽃잎. 그 안에 숨어 있던 암술과 수술이 길게 기지개를 펴고, 제가 세상에 태어난 이유가 무엇인지 분명히 알고 있다는 듯 자세를 당당하게 갖춘다. 날마다 하우스 안은 그들이 뿜어내는 열기로 채워지고 그 열기에 힘입어 꽃은 더 아름다워지는 것이다. 그렇게 걸어가야 할 길을 분명하게 알고 있는 꽃을 농부는 따내야 한다.

엄지와 검지 사이 꽃봉오리를 잡으면 마지막 저항처럼 단단한 알맹이가 손가락을 자극한다. 그러나 그들의 저항은 허무하다. 꽃봉오리가 손가락에 닿자마자 낚아채듯이 휙 목을 비트는 순간과 동시에 손가락 힘을 뺀다. 어느새 바닥에 몸을 누인 꽃망울. 비처럼 떨어져 내리는 동그란 목숨들이 바닥에 하얗다. 백전백패, 백전백승의 승패율. 그러나 그 승패율이 무슨 소용이란 말인가. 꽃망울이 떨어지는 만큼 몸에선 땀방울이 쉴 새 없이 흘러내리고, 꽃향기 대신 땀 냄새가 온몸에 배어들었다. 하루 종일 서 있느라 다리가 아프고, 허리가 휘어지고, 어깨와 팔 근육의 통증은 이미 마비 상태가 되었다.

팔자걸음 작은 보폭 귤꽃들을 따낸다
가지 하나에 꽃 하나 일직선 명제 앞에
잉여의 하얀 영혼들 별똥별로 내리고

상위 일 퍼센트 그 꽃들이 우선이야
과정도 사연도 없이 태생으로 결정되는
이 시대 상품의 가치 절벽처럼 단호해

위치를 파악하라 중산층 꽃눈 속에서
상처 깊을수록 향기 또한 진하리라는
진부한 구절 하나를 기둥처럼 붙잡는 이

능란한 손놀림이 목을 조여 오는 시간
완강히 등을 돌린 곁가지 꽃망울 하나
이파리 방어막 뒤에서 눈동자가 커진다.
_졸시 〈한라봉 꽃 솎아 내며〉

  가지 하나에 꽃 하나만을 남겨야 한단다. 보통 마지막 꼭대기
에 달린 꽃이 튼실하기 때문에 그것만 남기고 곁가지 꽃들은 다
따낸다. 하나를 위해 그 아래 달린 예닐곱 개 이상의 꽃들이 떨어
져 내린다. 그렇게 반복적인 동작을 하다 문득 이런 생각을 했다.
꽃들도 사람들 세상처럼 태생에 따라 생사가 갈리는구나. 어디서
태어나느냐에 따라 이미 모든 운명이 결정되어 버리는, 상위 일 퍼
센트가 아니면 모두 잉여물로 간주되어 언제 건 폐기처분될 수밖
에 없는 처지. 슬프지만 엄연한 현실이 아니던가. 그런 현실 속에서
나의 위치는 어떤가. 상위 일 퍼센트 안에서 태어나지도 못했으며
그 일 퍼센트로의 신분 이동도 불가능하다. 잉여물이 되어 폐기처

분될 수도 있는 나의 위치를 파악하는 순간 씁쓸한 기분은 어쩔 수 없는 것이었다. 하나의 좋은 상품을 위하여 나머지는 기꺼이 희생이라는 명예를 받들 수 있지 않느냐고 위안을 삼기엔 너무 억울하다. 방어막이라 할 수도 없는 이파리 뒤에서 완강하게 등을 돌려 봐야 무지막지하게 찾아 들어오는 손가락의 위협을 벗어날 수는 없다. 그 위협을 감지하고 놀란 눈만 뜨고 있는 이 세상 무수히 많은 나의 얼굴들이 떨어져 내리는 꽃망울 위로 오버랩되었다. 그런 생각의 연장선에서 쓰여진 시였다. 그렇게 또 하나의 잉여물을 쓰고 나서 생각이 복잡했었다. 어렴풋하게나마 내가 써야 하는 것은 이런 글이 아닐까 하는 생각도 했었다.

한라봉 꽃은 여전히 아름답다. 고집스럽게 입을 다문 모습에서 어디서건 꽃을 피우고 열매를 맺겠다는 일념이 느껴진다. 새순이 올라오는 머리끝에 이미 꽃망울을 달고 있다. 가지가 자라면서 팔자걸음처럼 잎이 나고 잎과 줄기 사이 다시 꽃망울 하나씩을 낸다. 순서로 따진다면 머리끝에 있는 꽃망울이 먼저 태어난 것이다. 그러다 보니 그게 다른 꽃망울보다 훨씬 크다. 나중에 열매가 되어도 더 튼실하게 자랄 것이기 때문에 수익을 생각하는 농부라면 당연히 그걸 살리는 게 정답이다. 그렇다고 머리 끝 꽃망울이 모두 살아나는 것도 아니고 곁가지 꽃망울이라고 해도 다 따버리는 것은 아니다. 의도하든 의도하지 않든 주어진 운명을 비껴가는 것들은 항상 있게 마련이다. 특히 나처럼 어리숙한 농부들의 손끝에서의 예외는 다른 농부들보다 더 많이 일어나는 법이다. 그렇다고 본다면 주어진 운명이 아무리 절망적이라 한들 미리 무릎 꿇을 필요는 없지 않을까. 얼기설기 넝쿨을 뻗어 가는 나의 머릿속과는 상관없이 하우스 안의 열기는 절정으로 치닫고 있다. 꽃들이 내뿜고 있는 생존 욕구 때문이리라.

서천 꽃밭에서
이제랑
편히 쉬십서

이제, 예술의 존재 이유려니

　죽은 자의 낯빛과 떨어진 꽃잎의 색깔은 같을 수도 있겠다. 물에 뜨는 돌로 다듬은 꽃. 강물에 종이배를 띄워 죽은 혼을 서천으로 보내는 듯, 징검다리처럼, 그들의 발자국처럼 놓여 있다. 떨어진 지 한참 되었다고 하기엔 그 이파리 하나하나가 너무 생생하고, 이제 막 떨어진 꽃이라고 하기엔 좀 우중충한 낯빛으로 누워 있는 비문을 건너고 있다.

　'서천 꽃밭에서 이제랑 편히 쉬십서' 한 줄 문구를 품에 안은 비석이 관처럼 누워 있고, 그 위에 꽃 아홉 송이 뿌려진 듯 놓여 있다. 그 분위기에 딱 어울리는 숫자와 어울리는 색깔과 어울리는 거리감을 가지고 놓여 있는 꽃잎은 예뻤다. 정교하지는 않았지만 그 정교하지 못함이 주는 무질서에서 더 많은 얘기를 하고 싶어 한다는 의도도 충분히 감지되었다. 돌이라는 공통분모가 주는 동질성은 그 어디에도 없다. 누워 있는 비석과, 그 위에 뿌려진 꽃, 어느 장인의 손끝에 의해 다시 부여받은 이름에 걸맞게 그들은 제 본성을 무시한 채 또 다른 삶을 품고 있었던 것이다.

죽음의 이름들이 언덕을 뒤덮은 곳, 4.3평화박물관 뒤편, 이름 하나에 비석 하나가 언덕을 뒤덮었던 그 충격의 정점은 바로 여기였다. 수천의 이름을 모아 하나의 관을 만들고, 아홉 개의 꽃잎을 띄웠다. 그리고 무심하게 하늘을 바라보고 누웠다. 구름이 다가와 들여다보다 지나가고 바람도 지나간다. 시간을 가리지 않고 새들은 찾아와 다리 쉼을 하기도 하고, 가끔 배설물을 놓고 가기도 하리라. 비가 오고, 눈이 내리고, 멀리서 온 꽃잎도 이방인처럼 찾아왔다 어디론가 사라지리라. 그렇게 시간이 가는 사이 수천 혼백의 가슴속 절망과 아픔과 슬픔들도 바스라질까.

비석 하나와 꽃잎 아홉 개로 바다와 섬 같은 슬픔을 표현해 낸 사람을 생각한다. 섬보다 크고 바다보다 더 깊었던 가슴속 슬픔을 꺼내어 꽃잎을 만들었던 그의 거친 손끝. 꽃잎 하나 올리며 수천 혼백의 아픔을 거두고, 꽃잎 하나 올리며 슬픔을 거두고, 다시 꽃잎 하나 올리면서 그들의 절망을 거두었으리라. 거기다 숨은그림찾기처럼 희망의 줄기 하나 새겨 넣으면서 바람과 비와 구름에게 앞으로의 일을 맡겼으리라.

충격처럼 멈춰선 발길을 의지한 채 한참을 들여다본다. 나도 바람이 되어, 구름이 되어 비석의 몸을 훑고, 꽃잎을 어루만진다. 수천 죽음의 이름을 대하고 먹먹하던 가슴이 천천히 풀린다. 까실까실한 꽃잎의 촉감이 나를 깨운다. 그 촉감이 저 밑바닥에 폐기처분되었던 희망의 줄기 하나 출렁이게 한다. 그래, 이게 예술의 존재 이유려나….

오리
두 마리

이 녀석들도
내가 만만하고 어리숙하다는 걸
눈치챈 건가

귤나무 아래 실뭉치 두 개가 굴러온다. 밭에 깔아 준 지푸라기 색깔과 비슷한 두 마리 오리다. 짧은 다리를 빨리 움직일수록 좌우로 흔들리는 엉덩이의 반동이 몸 전체를 흔든다. 마음이 급했는지 양날개를 벌려 속도를 가속시켜 보려 하지만 펼친 날개 역시 몸통을 감당하기엔 터무니없이 작다. 허리춤에 살짝 손 하나 얹은 모양으로 붙어 있는 날개는 아직 깃털조차 제대로 자리 잡지 못했다. 파다닥거리는 소리만 요란할 뿐 속도에 변화는 거의 없다. 그럼에도 불구하고 오리들은 끝까지 최선을 다해 달려온다.

그들의 달리기가 나를 일 미터쯤 남겨 두고 문득 멈춰 섰다. 다른 생각이 났다는 듯 방향을 바꾼다. 그리곤 주변을 둘러본다. 마치 밀당을 하던 남녀가 상대방에게 속마음을 들키기 직전 딴전을 피우는 모양새다. 이제는 다 삭아 버린 마른 짚을 들여다보기도 하고 기웃기웃 하늘을 올려다보기도 한다. 제 동료는 어디쯤 있나 확인이라도 하려는 듯 고개를 이리저리 돌리다 옆에 저와 똑같은 자세로 똑같은 행동을 하고 있는 또 다른 오리 곁으로 걸음을 옮긴다. 천천히 주변을 맴돌며 다음 행동을 결정하기 위한 심사숙고의 표정이다. 몇 번 먹이를 주었다고는 하나 아직 나를 다 믿지는 않겠다는 의지의 다른 표현이리라. 주인의 발자국 소리가 난 후 맛있는 먹이가 생긴다는 사실을 기억하고 있는 오리들은 이렇게 문 여는 소리가 들리기 무섭게 달려오는 것이다.

오일장에서 오리 두 마리를 사다 놓은 지 보름쯤 되었다. 한 마리에 칠천 원이라는 주인 여자의 얘기를 듣고도 태연히 오천 원짜리 한 장을 건네고 잔돈을 달라며 손을 내밀었었다. 자연스러움과 당당함이 가득한 내 얼굴에 혼란스러웠던 주인 여자는 얼마를 거슬러 줘야 하는지 한참을 머뭇거렸다. 그리고 내게 얼마짜리를 건네주었는지를 물었다. "그냥 삼천육백 원만 주시면 돼요." 주인 여자의 혼란스런 머릿속을 이해하지 못하는 나는 여전히 당당하게 대답했다. 다시 복잡해지는 얼굴. 옆에서 나와 비슷한 이유로 오리 다섯 마리를 고르시던 아저씨가 중재에 나서기 전까지 우리 둘은 서로 그렇게 엇갈린 계산 속에서 허우적대고 있었다.

나이 들어간다는 것은 이런 사소한 것들마저도 신경을 놓으면 안 된다는 것. '그럴 수도 있지 뭐.' 하며 하나의 해프닝이었다고 치부해 버릴 수도 있겠지만 나는 그 해프닝 앞에 시원히 웃을 수 없었다. 심각한 치매 증상의 시작 같기만 한 것이다.

그런 씁쓸함과 같이 들여온 오리는 하우스 안에서 벌레를 잡아 먹으며 살았다. 특히 나무 꼭대기까지 기어 올라가서 열매의 모양을 이상하게 만드는 달팽이는 오리의 주된 먹이였다. 달팽이도 잡아먹고, 풀도 뜯어먹고, 농부의 손이 미치지 못하는 아주 작지만 중요한 것들을 오리들은 해결해 준단다. 아무것도 모르는 오리들을 이용해 내 이득을 극대화시키는 것이 처음엔 내키지 않았다. 그러나 좋은 열매를 수확하기 위해 농부가 내미는 손에 한계가 있어서는 안 된다. 그게 프로농부의 지름길. 처음 접하는 비닐하우스에서 그나마 덜 외롭고 서로 의지가 되라고 두 마리를 골랐다. 이왕이면 암수 한 쌍이었으면 좋겠다고 했을 때 주인 여자는 어림없다는 표정이었다. 오리는 커 봐야 암수를 구별할 수 있어서 운에 맡기는 수밖에 없단다. 이해하기엔 좀 애매했지만 손에 잡히는 대로 상자에 옮겨 놓는 주인 여자의 손아귀를 그냥 바라볼 수밖에 없었다. 그게 사실이 아니어도 반박할 만한 근거도 없었다.

한참 한라봉 꽃을 따다 봤더니 오리 두 마리가 물통에 들어가 놀고 있다. 물에서 노는 걸 좋아한다고 해서 고무대야에 물을 받아 놓았더니 그새 그 물에 들어가 있는 것이다. 그런데 분명 아침에 새 물을 받아 놓았는데 흙탕물이다. 그 시커먼 물을 뒤집어쓰며 놀고 있다. 고무대야 가장자리에는 말할 것도 없고 반쯤 남은 물에 거짓말 좀 보태면 흙이 반이다. 그런대도 좋댄다. 짧은 날개를 퍼덕이고 고개를 물속으로 처박았다 솟구쳐 올리고 난리다. 검은 흙탕물이 오리털 위로 줄줄 흐른다. 이런 지저분한 녀석들. 좀 깨끗하게 사용하면 안 되냐. 고무대야의 물을 쏟아 내고 새물을 받아 준다. 투덜거리는 나보다 잘 놀고 있는데 왜 물을 함부로 쏟아 버리냐는 오리들의 항의가 더 크다. 이 녀석들도 내가 만만하고 어리숙하다는 걸 눈치챈 건가.

길들여질 수
없다

성성하게 나를 겨냥하고
바늘 끝을 세우는 저 시퍼런 의지

한라봉 꽃이 피기 시작하면 꽃을 따던 일손을 잠시 멈춘다. 개화된 꽃을 잘못 만지면 과일 모양이 좋지 않다는 말이 있어서. 꽃이 떨어져 열매가 열리고, 그 열매들이 서로 성장의 기운을 다투다 힘이 부족한 것들 먼저 자연 낙과가 될 때, 다시 농부의 손길은 바빠진다. 나무의 수세에 맞게 열매의 양을 조절하는 것이다.

하루 이틀 쉬고, 천혜향 가시를 다듬어 주려 했다. 쉬는 사이 집안일도 하고 밀린 숙제도 하며 보냈다. 오랜만에 늦잠도 자고, 아이들과 도서관에도 갔다. 남들 출근해서 열심히 일할 때, 시간에 구애 없이 여유를 부린다는 건 느껴 보지 않고는 모르는 행복이다. 그런데 너무 놀았다. 천혜향 가시들이 벌써 힘을 주기 시작했다.

심지가 아직 덜 굳은 가시는 손으로 누르면 똑똑 소리를 내며 꺾였다. 가위를 댈 필요가 없어 일의 속도가 빠르다. 이 시기에 가시를 다듬지 못하면 대부분의 농부는 가시 다듬기를 포기한다. 가위를 들고 하나하나 가시를 다듬는데 드는 시간이 너무 많이 들어서다. 우리 과수원에는 천혜향이 얼마 되지 않아 신경을 제대로 못 쓴다. 까딱하는 사이 가시 다듬는 시기를 놓치기 일쑤다. 천혜향의 가시를 다듬지 않으면 두고두고 일하는 데 방해가 되었다. 시도 때도 없이 장갑과 옷을 뚫고 살을 찔러 댔다. 장갑을 두 켤레 끼고, 옷도 두껍게 입는다고 입었어도 샤워를 할 때 보면 온몸에 붉은 지렁이가 기어가는 그림이 그려져 있다.

  아직 며칠의 여유는 있다. 이삼 일 내로 작업을 다 마친다면 문제없겠지만 그건 좀 힘들 것이다. 며칠 내로 한라봉 열매솎기에 들어가야 하기 때문이다. 마음을 느긋하게 먹고 할 수 있는 데까지만 하기로 했다. 휴대폰을 꺼내 다운받은 파일을 연다. 며칠 노느라 듣지 못한 팟캐스트 방송들이다. 듣고 싶은 방송을 골라 플레이를 한다. 부드러우면서도 지적인 남자의 목소리가 흘러나온다. 혼자 일하면서 좋은 것은 이렇게 듣고 싶은 방송을 누구의 방해도 받지 않고 마음껏 들을 수 있다는 것이다. 노래 한 구절 제대로 듣지 못하며 지냈던 지난 시간들에 비하면 한량이다.

  선거 기간에는 각종 선거 내용이 주를 이루었는데, 요즘은 선거 후의 정세 변화와 경제문제가 주를 이룬다. 여소야대 정국과, 세월호 2주기, 한국형 양적완화, 그리고 52조 잭팟의 허와 실, 연립정부와 같은 현안들이 이어진다. 잊고 살았던 이야기와 매일 듣고는 있지만 정작 그 뜻조차 모르는 이야기들이 진행자의 입을 빌어 내 머릿속에 차곡차곡 쌓인다. 힘없는 자들을 자신들의 입맛에 맞게 길들여 보겠다는, 힘 있는 자들의 권모와 술수에 대해서도 듣는다. 귀로 듣고 머리로 생각하고, 손으로 가시를 다듬고 있다.

귤나무의 가시다듬기야말로 힘 있는 인간이 힘없는 나무들을 길들여 가는 과정이다. 나무에 가시가 많다는 것은 아직 그만큼 덜 길들여져 있다는 뜻. 본성을 없앨수록 인간들의 입맛에 맞는 과일이 열릴 것이다. 농부의 입장에서 본다면 나무의 야성을 다 없앨수록 좋은 것이겠지만, 나무에게는 결코 용납이 되지 않는 일이다. 성성하게 나를 겨냥하고 바늘 끝을 세우는 저 시퍼런 의지가 쉽게 꺾일 것 같지는 않다.

자세히 보면 오래된 나무일수록 가시는 적다. 몇 해를 두고 인간의 손에 의해 잘려진 그들의 가시. 더 이상 저항의 의미가 없다는 것을 알아 버린 모습이다. 농부의 일거리가 줄어서 좋기는 하지만 그 모습은 씁쓸하다. 내 모습을 보는 것이다. 두루뭉술 좋은 게 좋은 거라며 나도 그렇게 살고 있다. 간혹 내 몸에 돋아나는 가시는 내 성격의 모남을 증명하는 것이라고 누가 볼세라 황급히 감추려고만 했다. 그러면서도 늘 마음 한구석에는 이렇게 살아도 될까 하는 회한의 긴 똬리가 돌돌돌 말려 있고….

이어폰에서는 나를 길들이려는 세상 이야기가 끝도 없이 흘러나오고, 나는 귤나무를 길들여 보겠다고 쉬지 않고 가시를 다듬는다. 길들여지지 않겠다는 나무의 저항이 끝까지 나를 불편하게 한다. 백전백승의 승세가 시간이 갈수록 불리해진다. 일망타진도 어렵고, 게릴라 전술을 펴는 그들의 공격에 성인군자처럼 깔려 있던 인내심마저 뒤집혀진다. 전세를 역전시킬 뭔가가 필요하다. 결연히 장갑을 벗는다. 잠시 휴전! 물 마시고 하자.

사랑하면
알게 되는
것들

너른 밭들이 지평선을 이루다
바다와 평등하게 이마를 맞대고

엉겅퀴꽃의 보라 색감이 선명하다. 잠시 그 색감에 눈을 맞추다 어지럼증을 느끼곤 이내 시선을 돌린다. 강렬한 색감은 사람의 정신까지 흐트려 놓는다는데 엉겅퀴의 색감에 나의 정신을 빼앗길 것만 같다.

엉겅퀴 이파리에 달팽이 한 마리가 기어간다. 달팽이의 부드러운 살이 이파리에 난 가시를 넘는다. 그 행위에 고통의 기미는 느껴지지 않는다. 가시마저도 부드러운 살로 다 감싸겠다는 듯 느리게 느리게 제 목표를 향하는 달팽이. 날카로움을 이기는 것은 역시 부드러움 외에는 없을 듯하다.

어디선가 달콤한 향기가 솔솔 풍겨 온다. 향기 나는 쪽으로 고개를 돌리는 순간, 수천 마리 나비가 막 날갯짓하며 날아오르려 한다. 인동꽃이다. 좀 일찍 피어난 것들은 약간의 노란색 기를 머금고 있고, 이제 피어난 것들은 하얀 얼굴로 있다. 꽃들도 위아래를 분명하게 가르고 있지만, 그 어우러짐에는 상하 구별이 없다. 얼핏얼핏 부는 바람에 통째로 몸을 들썩이는 인동꽃은 막 날아오르려는 노랑나비와 흰나비의 무리, 바로 그것이다. 가만히 있어도 그 향기는 사방 천리 퍼질 것인데 이렇게 살살 바람까지 불면서 인동꽃의 향기를 나르고 있으니 5월 들판이 온통 달콤한 이유, 이제 알 것 같다.

계절의 여왕은 왜 5월이어야 하는가. 햇살을 품고 자라는 보리밭, 직박구리 길을 안내하듯 앞서 날아가고 눈 가는 데마다 저만의 개성으로 피어난 꽃들이 절정의 자태를 뽐내고 있다. 맑은 바람, 부드러운 햇살, 거기다 겨울을 이겨 낸 작물들이 탱탱하게 여물어 농부의 손을 기다리고 있는 이 5월, 어찌 다른 이에게 여왕이란 칭호를 붙여 줄 수 있을 것인가.

제주올레 12코스를 걷는 내내 5월은 그렇게 나의 눈과 귀와 코와 피부의 솜털마저 행복하게 만들었다. 나무들은 보지 못하고 숲만 대충 보아 넘기던 나의 시선이 오늘따라 아주 작은 꽃들과 곤충에 가 머물고, 미세하게 움직이는 공기의 파장을 느껴 가며 걸을 수 있었던 것은 다 계절의 여왕인 5월이 내게 주는 혜택이었던 것이다. 물론 아직 그 이름들을 알지 못하여 하나하나를 다 불러 주지는 못하지만 내가 그들을 느끼고 있는 한 그들도 조만간 나에게 다가와 손을 내밀어 주지 않을까.

제주도의 서쪽 바다를 끼고 도는 제주올레 12코스. 한라산 아래로 오름들이 즐비한 제주도의 지형적 특성을 무시한 채 이곳은 너른 평야가 형성되어 있다. 바람막이용 삼나무 한 그루 없고, 그 흔한 돌담도 제대로 없다. 오직 너른 밭들이 지평선을 이루다가 바다와 평등하게 이마를 맞대고 있다.

제주도 동쪽 중산간 지대, 오름과 오름 사이에서 나고 자란 내게 이곳의 평평한 지형은 낯설다. 더구나 동쪽 끝과 서쪽 끝이라는 거리감은 50평생을 제주도에 살면서도 와 볼 기회가 적었던 곳이다. 이곳은 마치 책에서나 봤었던 중국 대륙의 어느 한 지점이 아닐까 하는 착각을 불러일으킨다.

그 너른 평야의 대부분을 차지하고 있는 건 마늘이다. 이제 막 수확기에 접어들어 어떤 밭은 마늘이 멍석 깔듯 뽑혀져 누워 있고, 어떤 밭은 스프링쿨러가 쉴 새 없이 돌면서 물을 뿜어대고 있다. 아마도 내일이나 모레쯤 수확을 하려는 밭이 아닐까. 흙을 부드럽게 해야 마늘 뽑기가 더 쉬울 것이기 때문에….

아낙들이 열 명씩 스무 명씩 일렬로 앉아서 마늘을 뽑아내는 건 굉장히 목가적 풍경이다. 오늘 날씨처럼 급할 것도 아쉬울 것도 없이 제 페이스를 유지하면서 일을 해 나가는 풍경은 나처럼 길을 걷는 이들의 시선을 편안하게 해 준다. 마늘이 누워 있는 모습이며, 스프링쿨러가 돌아가는 모습이며, 아낙들이 일을 하고 있는 모습, 그 뒤로 병풍처럼 둘러쳐진 바다의 모습이 한눈에 들어온다.

왜 이곳으로 올레 코스를 잡았는지 짐작이 가는 풍경이다.

밀감이 주요 농작물이었던 제주도 동쪽 지역, 우리 집에서는 텃밭 한쪽에다 마늘을 심었다. 자급자족으로 모든 생활필수품을 대던 시절. 텃밭에 돋아나기 시작한 마늘 싹이 손가락 길이만큼 자라면 이파리 하나씩 잘라져 된장이나 고추장, 각종 양념장에 잘게 썰어 넣어졌고, 대가 서기 시작하면, 알이 배기도 전에 푸른 마늘 일부를 통째로 뽑아내어 이파리까지 하나도 버리는 일 없이 장아찌를 담갔다. 당시 우리 마을 겨울철 주소득원이었던 무말랭이까지 같이 곁들여 익어 가는 장아찌는 이듬해 여름까지 훌륭한 밑반찬이 되어 주었다.

짜디짠 장아찌 하나를 손으로 잡아서 한 겹 한 겹 속살을 풀어 먹다가 맨 안쪽에 남아 있는 마늘대에 이르면 보물을 찾은 듯 자랑스럽게 쳐들어 보이고는 씹어 먹었다. 아직 심이 덜 들어 부드럽게 씹히는 마늘대가 있는가 하면 단단하게 여물어 먹을 수 없는 것들도 많았다. 이용할 수 있을 만큼 최대한 이용하고 나서 푸른 마늘을 뽑아야 하기 때문에 우리 집 장아찌는 늘 그렇게 단단한 마늘심이 들어가 있었다.

마늘 알이 배기도 전에 이파리를 잘라 내고, 일부를 뽑아내고 하다 보면 정작 통마늘로 먹을 수 있는 것은 얼마 되지 않았다. 더구나 무슨 이유인지 우리 집 텃밭은 마늘이 잘 되지 않았다. 배추, 상추, 토마토, 감자 같은 다른 작물들은 부족함 없이 잘 자라 이웃에게 나눠 줄 정도인데 마늘은 그렇지가 않았다. 마늘대가 올라오는가 싶은데 어느 순간 이파리 끝이 말리고, 대가 서기도 전에 끝이 누렇게 변색이 되었다. 우리는 아기 손톱만한 마늘 한 쪽도 버리는 일이 없었다.

그렇게 귀한 마늘이 이곳에는 지천이다. 알도 거짓말 조금 보탠다면 주먹만큼씩 하다. 그 모습이 신기하기도 하고, 아름답기도 하다. 누구에겐지 모르지만 감사의 마음까지 몽글몽글 일어난다.

예전에는 농부들이 일하는 것을 보거나, 농작물을 보면 '비료값도 안 나오는 농사를 지어 어떻게 사나.' 하는 생각을 했었다. 그러나 지금은 작물 하나하나 내 새끼 바라보듯 보곤 한다. 마늘값도 중요하겠지만 싹이 나고, 자라고 뿌리에서 알이 굵어 가는 모습을 보면서 느끼는 그 기쁨, 그건 상대를 사랑하지 않고서는 느끼지 못하는 것일 터, 한낱 농작물이 아니라 자식을 대하는 것과 같은 애정과 관심으로 상대를 보고 있으니 이만하면 나도 가장 순수하다는 농부의 마음으로 살아가고 있다고 할 수 있지 않을까.

아주머니 혼자 마늘을 뽑고 있다. 일하는 걸 방해하는 것 같아 말 붙이기도 죄송스럽다는 생각을 하면서도 길을 물었다. 짧게 대답해 주곤 다시 일을 한다. 옆 허리에 커다란 가방이 달려 있다. 마늘을 뽑다가 보이는 잡초를 뿌리째 뽑아 가방에 넣고 있다. 밭에 대한 애정과 몸에 밴 부지런함이 그대로 드러나는 모습이다. 유독 굵은 통마늘을 머리에 단 마늘대들이 일렬로 누워 아주머니의 뒤를 따르고 있었다.

보리콩의
일대기

기대는 실망을 낳고
실망은 의심을 낳고
의심은 조바심을 낳고
조바심은 다시 의심을 낳아

　과수원 입구 길가에서 자라는 보리콩. 동생이 준 씨앗을 심어 놓고 저게 언제 싹이 나지, 싹이 나긴 할까. 의심의 눈초리를 보낸 지 일주일. 싹이 나왔다. 통통한 초록 빛깔 쌍떡잎 두 개가 아침 이슬을 머금고 말끔히 나를 올려다보는 그런 모습과는 거리가 한참 먼. 찢기고, 몽그라지고, 이파리인지 줄기인지 구분이 안 되는 식물체가 땅을 붙잡고 바짝 웅크려 있었다. 이게 뭐야. 얘가 콩이야? 세상의 모든 것들의 유아기는 다 곱고 귀여운 게 아니었어? 하얀 쌀밥 위에서 선명한 초록색 자태를 뽐내던 보리콩. 그 싹과의 첫 대면은 그렇게 놀람과 의구심을 안겨 주었다. 보리콩 싹이 원래 그런 모습인지, 아니면 흙 반 자갈 반, 그리고 시멘트 길과 돌담 사이 폭 30센티가 안 되는 곳에 뿌리를 내린 환경 탓이었는지 아직 나는 알 수 없다. 하긴 보리 파종과 같은 시기에 파종하여 보리 수확과 같이 수확이 된다 해서 제주에서는 보리콩이라 하지만,

표준어로는 완두콩이라 불리는 것도 최근에야 알았다. 상대를 제대로 알려고 하지 않고 의심의 눈초리만 키우고 있었다. 얘 몸에서 콩이 열린다고?

농촌을 농촌답게 만드는 것들 중 하나, 부지런한 농부들이 길가의 공터를 이용해 콩이나 팥, 배추 등을 심어 놓은 모습이다. 오가며 그 모습을 볼 때마다 나도 저렇게 길가에 콩을 심어 보리라 했었다. 잡초 하나 없이 깔끔한 땅 위에 오로지 콩들만 여유롭게 바람에 흔들거리는 모습. 정복을 말쑥하게 차려입고 도열해 있는 젊은 군인들이 저렇게 아름다울까. 나도 그들의 사열을 받으며 아침저녁마다 출퇴근을 해 보리라 했었다.

그런데 '부지런한'의 의미를 내가 너무 우습게 봤다. 잡초는 엄청나게 많이, 그리고 빨리, 올라왔다. 땅에 웅크려 있는 보리콩의 싹은 일어설 줄을 모르는데 주변의 잡초는 돌아서면 이만큼 자라 있었다. 호미도 제대로 들어가지 않는 땅이어서 맨손으로 잡초를 뽑아냈다. 내가 본 주변의 그 길가처럼 말끔하게 하려면 아마 아침저녁마다 잡초를 뽑고 있어야 할 것 같았다. 그렇게 용을 쓰면서 잡초를 뽑고 이제나저제나 제 구실을 할까 기다리고 있는데도 보리콩은 땅 위에서 뒹굴뒹굴 굴러다니며 빈둥대고만 있었다. 이파리와 줄기가 한데 엉켜 바람 불면 바람 부는 대로, 내가 손으로 밀치면 밀치는 대로 굴러다녔다. 뿌리가 땅에 제대로 박혀 있는 것인지 가끔 의심을 해야 했다. 4월에 접어들면서 주위에서는 한바탕 꽃을 피우느라 난리도 아닌데, 아니, 꽃을 피웠다가 다 지고 있는

데도 얘는 변하는 게 없었다. 아니, 좀 변했다. 그새 몸이 좀 불었다. 하도 뒹굴뒹굴 게으름을 피워 살이 찐 것이다. 몸체도 커지고 나이도 좀 먹었으면 이제 저도 꽃 피울 생각 좀 해야 하는 거 아닌가. 그래야 열매도 맺고 그럴 텐데 도대체 꽃 피울 생각은 하지도 않고 여전히 뒹굴거리기만 하니, 답답한 노릇이었다. 그러다, 혹시 얘는 땅속에다 열매를 키우는 앤가? 땅콩처럼? 얼토당토 않은 생각을 하기도 했다.

그랬다. 기대는 실망을 낳고, 실망은 의심을 낳고, 의심은 조바심을 낳고, 조바심은 다시 의심을 낳아 안 그래도 척박한 환경에서 자라느라 힘든 보리콩을 이상한 눈초리로 바라보게 만들었다. 모두 내 무지에서 비롯된 것이었다. 그렇다고 내가 '쌀나무' 조차 구분 못하는 도시 태생은 결코 아니다. 이래 뵈도 '산디 밭에 검질'을 매어 본 사람인데, 그런데도 그랬다.

남들 다 꽃 피고 난 뒤 힘겹게 보리콩 꽃이 피었다. 꽃은 그간의 조바심과 의심을 한꺼번에 상쇄하고도 남을 만큼 아름다웠다. 나비가 앉은 것처럼 초록색 사이사이 하얀색 꽃을 피운 보리콩. 통통하게 살이 오른 줄기와 이파리들이 제 동료들과 스크럼 짜듯 어깨를 걸고 있어 더 이상 바람에도 굴러다니지 않았다. 하얀 나비들이 하나 둘 날아가고 그 자리마다 작은 콩꼬투리가 남았다. 바람 빠진 풍선처럼 납작하던 꼬투리가 날마다 날마다 부풀어올랐다. 햇빛을 머금고, 흙의 양분을 빨아올리고, 바람의 숨을 한데 모아 보리콩은 살뜰하게 열매를 키워 내고 있었다.

수확은 언제 하지? 콩꼬투리에 콩알의 모양새가 잡히기 시작하자 보리콩 앞에 앉아서 하는 생각이었다. 그리고 기어이 통통한 열매 몇 개를 따냈다. 콩꼬투리째 삶아 먹어 보고 싶었다. 손가락 사이에서 오돌토돌하게 만져지는 콩알의 느낌이 재미있었다. 제법 많이 자란 것들만 골라 한 줌 정도 따고 집에 와서 삶았다. 쪄내야 하나, 처음부터 넣고 끓여야 하나. 고민하다 팔팔 끓는 물에 풍덩 넣고 데치듯 삶아 건져냈다. 물이 줄줄 흘렀다. 꼬투리에 손을 대자마자 흐물거리며 형체를 잃어버렸다. 너무 삶았나.

그렇게 삶아 낸 보리콩은 식구들 중 누구의 관심도 받지 못했다. 나 혼자 식탁에 앉아 콩꼬투리를 깠다. 생각보다 알맹이는 작았다. 밥알보다 작은 초록색 알맹이가 하나나 둘 정도 껍질 안에 들어 있다가 미끄러져 나왔다. 껍질을 먹어야 하나, 알맹이를 먹어야 하나. 어디선가 여린 콩꼬투리를 통째로 이용해 요리하는 걸 본 것 같기도 한데… 입 안에서 잘게 부서지는 알맹이. 달콤하고, 비릿하고, 신선한 풀 냄새 같은 맛이 입안에 퍼진다. 맛있네… 빈 껍질 몇 개 쌓이고 있었지만 여전히 줄어들지 않는 삶은 콩꼬투리가 식탁에서 슬프게 식어 가고 있었다.

출근 시간에서
자유로워진다는 것

고딕체처럼 굳어 있던
스물네 시간을
흘림체나 캘리그래피로

　출근 시간에서 자유로워졌다는 것은 생각보다 많은 변화를 준
다. 스물네 시간의 조각들이 좀 더 잘게 나눠지면서 굳어 있던 습
관들을 깨기 시작한다. 아침 아홉 시 출근 시간에 걸려 포기해야
했던 것들, 게으름의 껍질 속에 담아 둬야 했던 것들이 불쑥불쑥
제 주장을 한다. 나는 그 주장에 충실히 따르는 하인일 뿐이고.

　세상이 아직 시끄러워지기 전 새벽, 제2횡단도로 어느 길가에 차
를 세우고 차문을 두드리는 빗소리를 듣는다는 것, 시끄러웠던
세상의 소리들이 잦아드는 자정 무렵, 삼양 바닷가에 앉아 고기잡
이 배의 불빛들과 눈을 맞춘다는 것은 비단 깨어 있는 시간 연장
의 의미만은 아니었다. 바다 저 밑바닥에 가라앉아 버렸던 내 유년
의 꿈이 파닥파닥 올라오고, 빗소리에 섞인 자연의 이야기를 듣다

보면 어느 순간 내 정신의 구석에 쌓여 가던 먼지의 층이 조금씩 얇아져 감을 느끼게 되는 것이다. 그 느낌 위로 내 삶의 의미도 조금씩 윤곽이 더 뚜렷해져 가고….

조금 일찍 길을 나서서 과수원에 도착하면 어둠의 먹물 속에서 드러나는 나무들의 실루엣. 그리고 서서히 그 실루엣 위에서 만나는 나뭇잎들의 맑은 얼굴. 이제 막 세수를 한 듯 물기 가시지 않은 얼굴로 나를 바라볼 때면 내 얼굴의 굵은 주름살들도 물기 촉촉이 머금어 부드러워질 것만 같은 것이다. 고딕체처럼 굳어 있던 스물네 시간을 흘림체나 캘리그래피처럼 채워 갈 수 있다는 건 분명 행운일 터.

번영로를 타고 한 시간 거리. 나의 새로운 일터까지의 거리다. 과속의 위험이 늘 숨어 있기는 하지만 시원스레 뻗은 도로를 막히지 않고 달린다는 것은 그 자체만으로도 살 만한 일이다. 내 앞에서 '달리는 맛'을 감소시키는 아반떼 차량을 간단하게 추월한다. 핸들을 왼쪽으로 약간 틀고 엑셀을 밟는다. 아직 차량이 뜸한 시간, 일차선은 비어 있다. 적당히 속도를 높이고 아반떼를 앞지른다. 그리고 다시 오른쪽 깜박이. 순식간에 백미러에서 작아지는 차량을 일별하고 속도를 줄인다. 이제 내 앞을 방해하는 차량은 없다. 텅 빈 도로가 두 줄로 길게 뻗어 있다. 실선으로 이어지는 노란색과 하얀색의 가운데를 또 하나 실선을 그리며 달리고 있다.

부지런한 사람들만 달리는 아침 여섯 시의 번영로. 봉개마을을 지날 때까지도 날씨가 꾸물꾸물하다. 오후에 예비되어 있다는 비가 좀 일찍 오려나. 남조로 갈림길에서부터 동쪽 하늘이 붉어지기 시작한다. 이윽고 왼쪽 창가에 얼굴을 드러내는 해. 지평선 위로 눈만 내놓은 채 나와 시선을 맞춘다. 내 눈높이에 맞추어 숲을 만나면 숲을 건너고 오름을 만나면 오름을 돌아 다시 나타난다. 엄마의 외출에 저도 끼워 달라는 아이처럼 차창에 달라붙어 떨어지지 않는다. 아주 잠깐 그렇게 나와 평행으로 달리던 태양은 세미오름 근처를 지날 무렵부터 저만큼 멀어져 간다. 더 이상 엄마품은 필요하지 않다는 듯.

테두리 연필 자국이 선명한 완전한 동그라미의 태양. 완전함이란 단어가 어울리는 건 역시 자연 외에는 없을 듯하다. 찌그러지거나 흠 하나 없는 완벽한 동그라미 얼굴이 세미오름 오른편 하늘에서 나를 내려다보고 있다. 이제 막 잠에서 깬 미녀의 얼굴이 저럴까. 세상의 먼지와 때는 애초부터 없었던 것처럼 맑고 선한 얼굴이다.

아침 사물의 낯빛은 모두 선하다. 과장도 꾸밈도 없이 눈가의 힘도 다 내려놓고 나를 바라본다. 나를 바라보는 그 선한 눈매에 나도 눈가의 힘을 푼다.

사실 저 아침 태양을 보기 위해 새벽 출근을 했었다. 일출 시간을 대강 짐작하고 일어나면 어느 날은 뒤쪽 베란다 창문을 통해 아침 해와 만났고, 어떤 날은 지하주차장을 나오자 바로 내 왼쪽 머리 위에서 빛나는 아침 해를 만나곤 했다. 좀 서둘러 나오면 아침 구름이 동쪽 하늘 낮은 곳에 매복해 있다가 납치하듯 태양을 가두어 버리기도 했다. 그렇게 몇 번의 실패를 거듭하고 만나는 아침 해. 행운의 날이다.

차들의 속도가 약간 느려진 것 같다. 저들도 나처럼 아침 해를 맞이하고 있는 건가. 갓길에 차를 세웠다. 잠깐 태양의 민낯을 즐기다 가자.

남들만큼
사는 게
꿈

힘겨워하는 아버지의 표정에
우리는 늘 주눅이 들고

사려니 숲길을 걷던 마지막 지점. 교래리 입구에서 시작된 숲길이 강물 흐르듯 내 몸을 끌고 내려가면서 때론 소용돌이에 구겨 넣기도 하고, 때로는 내 발걸음의 보폭에는 관심도 없다는 듯 산 위로 길을 끌어올리며 저만치 앞서 가 버리기도 하고, 때로는 상처다 감싸 주겠다는 듯 공기며 나무며 오로지 나를 위해 헌신하기를 수차례, 여섯 시간의 산행이 막 끝나가고 있었다. 단단하게 긴장하던 발바닥도 힘을 놓아 버렸는지 여기저기 발 디딜 때마다 신음 소리를 뱉는다. 산행이 끝났다는 안도감에 그동안 숨죽여 있던 피로가 와글와글 몸을 점령하고 있다.

사려니 오름을 내려오면 길은 정확히 한라산을 등지고 남쪽을 향해 있다. 산을 등에 지고 앞자락에 바다를 두고 있는 풍수지리

학상 뭔가 있을 것 같은 곳에 자리 잡은 수많은 벌통들이 보인다. 부부인 듯 벌통 뚜껑을 열어 벌집을 살피고 있는 두 사람. 낯설지 않은 풍경에 나는 아득한 기억 속으로 빨려 들어가고 있었다.

아버지는 양봉을 하셨다. 내가 태어나 사물에 대한 인식을 할 때부터 우리 집 텃밭에는 벌통이 늘어서 있었다. 낮잠을 자다 머리가 따끔하게 아파 아픈 데를 만져 보면 꽁지가 빠진 벌이 손에 잡혀 나왔다. 길을 잘못 든 벌이 머리카락에 엉키어 나오지 못하자 침을 쏜 것이다. 아무 잘못도 없이 잠자다 벌침을 맞아야 했던 나는 꽁지가 빠져 죽음을 목전에 둔 벌을 마당으로 집어던졌다. 따끔하게 아프기는 했지만 늘상 있는 일이었다. 울어도 누구 하나 애처롭게 봐주는 사람이 없었기에 울 필요는 없었다.

아버지와 어머니는 벌통 근처에 절대 가지 말라고 하셨지만, 동네 조무래기들과 어울려 놀 때는 벌통에 다가가 평화롭게 꿀을 나르고 있는 벌들을 건드리곤 했다. 뭔가 큰 거 하나를 보여 주고 싶은 영웅심이랄까. 무턱대고 벌들이 들락거리는 벌통 구멍에 발을 올려놓고 이것 봐, 괜찮지? 내가 이 정도야. 아이들에게 제 용기를 자랑하기를 수차례, 인내심의 한계에 다다른 여왕벌의 명령에 일사분란하게 움직이는 싸움벌들이 몰려들고, 상황이 바뀌고 있음을 눈치채지 못한 채 여전히 벌통 근처에서 영웅심을 뽐내던 남자아이들은 무참하게 벌의 공격을 받아야 했다. 한두 번 벌에 쏘이기 시작하면 영웅심이고 뭐고 비명을 지르며 도망가지 않고는 배길 수가 없었다. 벌들도 철없는 아이들의 행위에는 적당하게 혼을 내는 것으로 만족하는 듯 곧 공격을 멈추었다. 하지만, 다음 날이 되면 아이들의 얼굴은 처절하리만큼 엉망이곤 했다. 눈이 부으면 앞을 보지 못했고, 입술에 쏘였으면 말을 제대로 못했다. 감각조차 느끼지 못한 얼굴로 웃지도 울지도 못한 채 또 한 번 아이들의 놀림감이 되어야 했지만 얼굴의 붓기가 가라앉기 시작하면 아이들은 또다시 벌통 근처로 슬금슬금 모여들곤 했다.

벌이 있는 곳엔 늘 꽃이 있었다. 벌들의 놀이터이며 일터였던 텃밭에는 광대나물이 지천이고, 하얀 별꽃마다 벌들이 들락거렸다. 무성한 장다리꽃이며, 겨울을 견디어 피어난 배추꽃마다에도 벌은 제 집처럼 드나들었다. 꽃 앞에 쪼그려 앉아 윙윙거리는 벌들의 날갯짓을 감상하고, 벌 양쪽 허리에 노란 꽃가루 주머니가 빵빵해지는 모습을 지켜보다가 벌들의 다리보다 더 가느다란 꽃잎을 내밀고 있는 별꽃을 따 보기도 하고, 꽃을 피운 지 한참 된 노란 인동 꽃잎을 따서 나도 벌처럼 쪽쪽 빨아 보기도 하였다.

다리가 굵어지고, 조무래기들도 이젠 각자 방에 틀어박혀 나오지 않을 때쯤 늘어난 벌통들을 아버지는 텃밭에서 다른 곳으로 이동하셨다. 봄이면 유채꽃이나 밀감꽃을 따라다니셨고, 여름이 되면 한라산 어느 오름의 능선 자락에 벌통을 내려놓았다. 떼죽나무며, 산딸나무며, 꿀풀이며, 아버지와 벌의 입장에서 보면 산속은 무궁무진한 노다지 광맥이었다.

서서히 온도를 따라 이동을 하다 보면 여름을 지나 가을 초입에 이르러 도착하게 되는 검은 오름 앞, 혹은 사려니 오름 앞, 표고버섯을 재배하기 위해 우리 아버지처럼 일 년을 산속에서 지내야 하는 이들의 발자국을 따라 우리도 벌통을 나르고, 벌들이 따온 꿀을 날랐다.

오늘 내가 걸었던 이 길도 벌통을 실은 경운기 위에서, 혹은 너널너덜 덜컹거리는 화물차 화물칸에 의지하며 성인이 될 때까지 오가곤 했던 길이다. 자동차 바퀴 자국을 따라 숲속으로 난 길은 불쑥불쑥 돌부리를 들이밀기도 하고, 나무 등걸이나 굵은 뿌리를 내밀어 우리들의 여정을 난감하게 만들기 일쑤였다. 비가 오면 며칠씩 흙탕물을 튕기며 수렁을 만들고, 끝끝내 자동차 발목을 붙잡고 놓아 주지 않던 길이었다. 여명도 트기 전에 집을 나서면 한낮이 되어서야 겨우 도착하던 곳, 헛바퀴만 도는 경운기의 뒤를 밀기도 하고, 흔들리는 짐칸에 앉은 우리들의 안부를 걱정하기 전에 벌들이 멀미를 할까 봐 노심초사하셨던 아버지. 그 아버지의 주름 같던 길이었다.

지금 이 반듯한 길은 걸어서도 그때보다 더 빠른 길이 되었다. 아버지가 다녔던 예전의 그 길도 이처럼 반듯한 길이었다면 아버지와 우리들의 운명은 좀 달라지지 않았을까 하는 생각을 한다. 그 고통스럽기만 했던 유년의 기억에 아버지는 늘 힘겨워하는 표정이셨고, 우린 그 모습에 주눅들어 있었다. '남들처럼 나도' 무언가를 원한다는 것이 절대적인 사치로 여겨지던, 남들 만큼만 살고 싶다는 게 가장 큰 꿈이었던 시절.

지금은 나도 남들처럼 일요일마다 숲길에서 여유를 찾고, 아이들에게 나무와 꽃과 새들을 보여 주기 위해 산을 찾아오는 엄마가 되었지만, 푹신푹신한 송이가 깔린 길 저 밑바닥에는 지금도 수렁에 빠진 바퀴를 꺼내기 위해 안간힘을 다하는 아버지의 모습이 어른거리고 있다. 한번만 지금 이 길을 아버지와 같이 걸을 수 있다면, 걸으면서 '이렇게 아름다운 길이었어요. 아버지가 만드신 길이에요.' 라고 말씀드릴 수 있다면….

　절정에 이른 찔레꽃이 숲을 장식하고 있다. 마치 나의 사려니 숲길 완주를 축하라도 하려는 듯이. 벌들은 여전히 꽃잎 꽃잎마다 찾아다니며 꿀을 따고 있다. 양쪽 주머니 가득 꽃가루를 매단 벌 하나가 휙 날아올라 허공으로 사라진다.

여름

한라봉 매달기

해체되는
비닐하우스

누구를 위한,
무엇을 위한 개발인가

　비닐하우스 하나가 헐리고 있다. 몇 명의 일꾼들이 비닐을 걷어
낸 하우스 위에 올라가 철구조물을 해체하고 있다. 작년 겨울 냉
해 피해를 입은 귤나무들이 발갛게 목숨을 다한 채 무심하게 서
있다. 그 옆으로 미처 다 뜯어내지 못한 비닐 쪼가리가 바람이 하
자는 대로 몸을 흔들다 말다 한다. 작년 겨울까지만 해도 탐스러
운 열매를 매달았던 귤나무들이 불안한 미래를 짐작했음인지 꽃
도 없이 표정을 지운 채 서 있다. 희망을 놓친 것들의 무기력감. 철
구조물 해체되는 소리가 덜컥덜컥 가슴 안으로 떨어지고 있다.

　우리 과수원 길 건너에 있는 오천 평 규모의 한라봉 하우스 밭
이 팔린 것은 작년 겨울쯤이라고 했다. 남편의 동네 선배였던 그
밭주인은 우리가 농사를 짓겠다고 할 때부터 여러 가지 도움을

주신 분이셨다. 남편과 내가 과수원에서 일할 때마다 찾아와서 비료는 어떻게 해야 하고, 약은 어떻게 쳐야 하며, 꽃과 열매는 언제부터 따라는 등, 한라봉 재배와 판매까지 조언을 아끼지 않으셨다. 늘 우리보다 먼저 밭에 나가 계셨고, 늘 우리보다 늦게 집으로 돌아가셨다.

벼락처럼 내리쳤던 신공항 예정부지 발표 후, 얼마 되지 않아 싱글벙글한 낯으로 우리가 일하는 과수원에 오신 그분은 과수원을 팔았다고 하셨다. 생각보다 서너 배 높은 가격에 팔았다는 목소리에는 기쁨이 고스란히 드러났다. 이 땅 판 돈으로 저 위에 좀 작은 땅 하나 사고, 제주시에 원룸 몇 개 사 놓았다며 이제 노후 생활은 걱정 없다고 하셨다. 그러셨군요. 잘 되었네요. 대답은 그렇게 했지만 씁쓸한 마음은 어쩔 수 없었다. 이제 더 이상 농사에 대한 조언을 들을 수 없다는 것보다도, 너도나도 땅을 팔아대는 현상에 이분도 동참을 하셨구나 하는 안타까움에서였다. 농지 오천 평이 또 없어졌고, 제주 농민이 소유한 땅이 그만큼 줄어든 것이다.

이미 이 동네에도 외지인 소유로 넘어간 밭이 부지기수다. 평당 백이십만 원에 팔렸다는 우리 밭 남쪽 과수원도 올봄에 비닐하우스를 다 해체해 놓았고, 그 동쪽 밭에는 리조트인지 펜션인지 공사가 한창이다. 농사를 짓던 땅들이 모두 건물 두어 채씩 짓고 앉아 사람들을 기다리고 있다. 땅이 팔리면서 새로 지어진 집, 새로 포장된 도로, 동네는 깔끔하게 단장되어 가고 있다. 그러나 그런 동네 모습이 결코 반갑지가 않다. 꼭 남의 집에 초대받지 않고 들어온 것처럼 기분이 어정쩡하다.

제주도 전체가 공사 중이라는 팻말을 붙일 만큼 곳곳에 건물을 짓고, 택지개발을 하고 있다. 그 공사의 주인은 대부분 외지인이거나 중국인들인 지금, 제주도 땅 소유주가 어떤 사람들인가에 대한 논의는 이미 유효기간이 지난 얘기인지도 모른다. 몇 십 년간 정체되었던 제주도 인구가 급속히 늘어난다고 좋아했지만 정작 조상대대로 제주도민이었던 사람들은 땅을 팔고, 집을 팔고, 결국에는 외지로 나가야 될 판이다. 제주도에 고향을 두고 외지에서 오랫동안 생활하다 노후에 고향에 내려와 살 계획을 가졌던 사람들이 그 사이 서울 땅값과 집값에 맞먹을 정도로 올라 버린 제주도 부동산 가격에 내려와 살기를 포기하는 사람들도 생겨난단다. 부모님이 물려주신 집이라도 한 칸 있는 사람이라면 그나마 다행이겠지만 그렇지 않은 사람들은 발길을 돌려야 하는 상황이 되어 버린 것이다.

천정부지로 올라 버린 땅값에 우리처럼 농사짓기를 희망하는 사람들은 땅이 없어 농사를 포기해야 할 판이다. 평당 십만 원, 이십만 원이면 족하던 주변 땅값이 백만 원을 주고도 사기가 어려우니, 설사 땅을 산다 하더라도 백만 원 주고 산 땅에다 어떻게 농사를 짓는단 말인가. 수지가 맞지 않는 일이다. 어쩌면 신공항 예정부지 옆에서 농사를 짓고 살겠다는 우리 생각이 애초 잘못된 것인지도 모른다.

제주도의 농지를 다 없애 가며 지어지는 건물들, 곶자왈을 훼손하면서 진행되는 택지개발과 도로건설. 늘 하는 얘기지만 누구를 위한 개발이고, 무엇을 위한 개발인지 의심을 할 수밖에 없는 개발 정책들에서 우리는 위기감을 느낀다. 이러다가는 우리도 제주도를 떠나야 할지 모른다는 위기감. 내가 아니면 우리 아이들은 제주도에서 살아남지 못할지도 모른다는 생각. 쓸데없는 생각이라고 떨쳐 버리고 싶지만 손이 닿지 않는 가려움처럼 몸에 달라붙어 떨어지지 않는다.

초록색 귤나무 밭들이 하나 둘 하얀 건물들로 변해 가고 그 건물들이 둘러싼 가운데 저 혼자 초록색을 유지하고 있는 우리 과수원. 키가 큰 건물들이 조그마한 우리 과수원을 위압적으로 노려보는 그림 한 장이 내 머릿속에 그려진다. 그 위에 덜컥덜컥 하우스 철구조물 떨어져 내리는 소리가 덧칠되고 있었다.

생말타기

흔들리고 흔들리면서도 여기까지 걸어온
내 몸에 유전자처럼 남아 있는
열정의 세포 하나

비 오는 날이라고

가만히 있으면 좀이 쑤시는 성미

운동장을 빼앗긴 아이들이

교실 한켠에서 생말타기를 한다

쟁겸이 보실보실 개미 또꼬망

비튼 손을 깍지 끼고 위로 돌려

그 틈새로 바라보는 하늘은 짓눌려 있었고,

편을 가르고 등을 굽으면

말갈기 휘날리며 달리는 만주 벌판

어느새 아이들은 독립군이 된다….

_〈생말타기〉 부분

『생말타기』 시집 속에 실린 〈생말타기〉를 다시 읽는다. 비닐하우스 속 한낮의 열기를 피해 잠시 쉬는 시간. 무료함을 달래기 위해 준비한 책이다. 오늘은 오래된 시집 한 권. 커피 한 잔을 준비하고 천천히 책장을 넘긴다.

열차처럼 이어지는 아이들의 굽은 등위로 멀찍이서 달려온 아이가 최대한 충격을 가하며 와락 올라탄다. 휘청거리는 열차의 허리, 무너뜨리고 말겠다는 의지와 기어이 버티겠다는 의지가 비명을 내지른다. 아이들의 고함과 함성. 이어 잘 익은 웃음소리, 교실 안이 들썩들썩한다. 우리도 똑같이 생말타기를 하며 놀았다. 교복 치마를 펄럭이던 중학생이 되어서도 생말타기는 우리의 열기를 발산하기에 좋은 놀이였다. 가위 바위 보를 하기 전에 외치던 '쟁겸이 보실보실 개미 또꼬망'이란 주술이 미소를 짓게 한다. 우리들 유년의 언어다.

초록색과 하얀색을 이 대 일로 나누어 입힌 책표지, 초록색 오른쪽 상단에 쓰인 제목과 저자, 그리고 왼쪽 상단에 '오름 문예 1'이라는 글자가 새삼 여러 사람의 얼굴을 떠올리게 한다. 책표지의 하얀 부분은 이미 그 본색을 잃어버린 지 오래고, 책장 하나하나에도 세월의 무게감이 짙게 깔려 있다. 나이를 먹어 가는 시집과는 달리 왼쪽 머리 위로 신의 계시처럼 빛을 받으며 찍힌 저자의 사진이 싱그럽다. 이 책이 1992년 1월에 나온 것이니까 30대 초반의 모습이다.

딱 30년 전, 난 86학번 국문과 신입생이었다. 글을 써야겠다는 막연한 생각으로 들어간 학과였고, 글을 쓰려면 동아리 활동이 필요하다는 주위 권유로 문학동아리를 찾았다. 교과서에 실린 시를 읽은 게 전부였고, 그렇다고 다른 분야의 독서를 부지런히 했던 것도 아니었다.

그런 내게 동아리에서 만난 선배들의 이야기는 새로움을 넘어 충격으로 다가왔다. 고등학교 때까지 시험 성적을 위해 외우던 시인과 소설가들의 숨겨진 행적, 작품에 대한 또 다른 해석, 그에 대한 강한 충격과 함께 생긴 거부감으로 밤새 선배들의 이야기를 따라다녔다. 20년간 나한테 행해졌던 공교육의 전면을 부정하는 말에 꼬투리를 잡으며 소모적인 논쟁을 벌였다. 직선으로 선명하게 그어졌던 진짜와 가짜의 경계가 모조리 무너지면서 난 그 무너진 잔해 속에서 팔다리가 부러지고 머리가 터지는 상처를 입고 있었다.

무엇을 할 수 있을까. 내가 무엇을 해야 하는지, 무엇을 할 수 있는지조차 알 수 없는 상태에서 꼭 되돌려 달라며 받은 선배의 노트 한 권. 대학노트에 캘리그래피로 써내려간 그의 습작시.

'바람좋은 날엔 연을 날린다/웃동네에서 알동네까지'로 시작되어 '지금은 엄마 된 순애와의 글러 버린 사랑 이야기'로 끝을 맺는 〈먹구슬 나무의 사랑〉과, '먼 사돈뻘을 만난 옆집 아저씨는/외양간 누렁이 하루쯤 굶건 말건/신명난 술추럼에 더덩실 어절씨구' 춤을 추는 〈가을 운동회〉, 반년 세월을 자갈왓에 쏟으며 키운 보리를 공판하고 돌아오는 아버지, 그 아버지가 신은 다이아표 검정 고무신에 시선이 꽂힌 〈보리공판 하던 날〉, '칼춤을 춘다/밤을 사르는 무녀의 주술처럼/미쳐도 아주 미친 동작으로 칼춤을' 추는 억새의 연작들이 노트를 차근차근 채우고 있었다.

어릴 적 내 친구들의 이야기와, 어머니 아버지의 한숨과, 동네의 풍경과, 내 주변 사람들의 삶의 모습들이 처연하게 혹은 담담하게 그려지고 있었다. 거기엔 기쁘면 웃고, 슬프면 울고, 기분이 나쁘면 욕을 하는 사람들이 있었다. 아, 글은 이렇게 쓰는 거구나. 내가 하고 싶었던 이야기가 바로 이런 것이었구나… 그랬다. 도저히 보일 것 같지 않았던 나의 길이 희미하게나마 보이기 시작한 순간이었다.

사실 난 초등학교 2학년 때부터 글쓰기를 즐겼다. 선생님의 칭찬 한마디에 시작한 것이었지만 쓰다 보니 내성적이고 굼뜬 내 성격에 잘 맞았다. 그러나 그 선생님 이후 아무도 내 글을 주목해 주지는 않았다. 나도 내가 쓴 글을 남에게 보여 주지 않았다. 나는 부모님을 도와 밭에 가서 일하는 것보다 친구들 하고 노는 게 재미있었다. 그런 생각을 일기에 쓰면 선생님은 그렇게 쓰면 안 된다고 하셨다. 부모님을 돕는 것은 기쁜 일이므로 기쁘다고 결론을 맺어야 한다는 것이었다. 동백꽃이 아름답다고 하는데 나는 동백꽃 목을 따고 안에 담긴 달콤한 꿀을 빨아먹는 게 더 좋았다. 그 사실을 글로 쓸 수는 없었다. 그런 글은 아무도 쓰지 않기 때문이었다.

그렇다고 대학에 들어가서 읽기 시작한 민중시니 노동시니 하는 것도 내가 쓰기에는 버거운 것들이었다. 나는 내가 알고 있고, 내가 느끼는 감정을 솔직하게 쓰고 싶었다. 그런데 그 선배는 그렇게 쓰고 있었다.

일주일쯤 후 노트를 돌려주기 위해 만난 자리에서 선배는 말했다. '내 어머니는 초등학교도 제대로 다니지 못하신 분인데, 어머니가 읽어서 이해하실 수 있는, 그리고 좋다고 하실, 그런 글을 쓰고 싶다'고… 정점을 찍는 말이었다.

대학의 낭만이나 자유는 약에 쓸래도 찾아볼 수 없었던 1980년대 후반. 아침마다 교정을 메우던 전단지와 붉은 현수막, 어젯밤에는 누구누구 선배가 경찰에 잡혀갔다는 얘기며, 집으로 가는데 누군가 계속 뒤를 밟고 있더라는 흉흉한 이야기들이 바람 사이로 나돌았다. 하루 걸러 교정에 최루탄이 터지고 하루 걸러 수배자의 명단이 새롭게 발표되었다. '죽음의 굿판을 걷어치우라'는 어느 대작가의 사설이 지면에 실릴 정도로 전국의 피 끓는 젊음이 스스로 목숨을 끊었다. 입학에서부터 졸업 때까지 중간고사, 기말고사가 제때에 치뤄진 적이 한번도 없었다. 대자보를 쓸 명문장이 필요했고, 군중들을 설득할 이론이 필요했다. 독서의 텍스트는 사회과학 서적으로 한정이 되었고, 선전선동의 문장에 모든 필력을 동원해야 했다. 거기에 정신이 없었다. 시와 소설을 논한다는 것 자체가 지극히 부르주아적 발상으로 인식이 되었다. 그렇게 대학 4년이 흘렀다. 그러는 사이 뒷전으로 밀려났던 글에 대한 열정과 희망도 잊혀져 갔다.

졸업 후 출판사에 뜻을 두었던 내 동기가 어렵게 선배의 작품을 묶었다. 『생말타기』라는 제목으로… 내 젊은 날의 꿈과 희망이 오롯이 함께 기록되어 있는 시집 한 권은 그렇게 해서 내 손에 남게 되었다.

술잔을 기울이며 삶을 이야기하던 젊은 날의 나와 내 동기들과 선배들의 얼굴이 떠오른다. 그리고 밤새 걸었던 탑동 바닷가 그 언저리에 가면 생생히 살아 있을 것 같은 내 꿈과, 밤바다에 걸린 희망의 불빛들이 여전히 반짝이고 있을 것 같다.

이곳에서도 억새는 피더군, 방파제 부근
자꾸만 침몰하는 도시의 늪을 떠나
지하상가를 지나 탑동에 오면 몸부림으로
핀 억새야 땅에서만 살 수 있는 게 아니구나
파닥이는 비늘 틈서리에 비늘꽃
포말로 멍이 드는 파도꽃
아 아 그럴 때마다 밤 깊은 줄 모르게
더욱 흔들리는 생리
_〈억새 7〉 부분

흔들리고 흔들리면서도 여기까지 걸어온 내 몸에 유전자처럼 남아 있는 열정의 세포 하나, 이제 곧 깨어날 때가 되었다는 듯 가슴 한구석이 자꾸 가렵다.

삶이
아름답고
풍요로운 이유

혼자만의 시간은
일주일을 넘기지 못하고

　며칠 감기를 심하게 앓았다. 몸이 이상하다 싶을 때 미리 주사 맞고 약 먹고 했지만 병은 비웃기라도 하듯 내 몸 구석구석을 활개치고 다녔다. 두통과 오한, 평소 잘 걸리지 않는 목감기까지, 기침 한 번에 목과 가슴이 찢어지는 듯 아팠다. 내 목에서 나는 목소리가 남의 목소리 같고, 팔다리가 허공에 붕붕 뜨는 듯했다. 무조건 잘 먹고 잘 쉬어야 한다는 진리를 철저하게 따르자고 생각했다. 남편이 출근하고, 아이들도 다 학교에 나간 빈 집에 누워 약기운에 빠져 잠을 자다가 애초 뭘 해야겠다는 생각 없이 시간을 보낸다는 것은 좋았다. 온전히 내 몸을 위해, 나에게 주는 휴식 시간이었다. 그러나 그게 하루가 가고 이틀이 가고 일주일이 넘어가면서 문제가 생기기 시작했다. 감기보다 더 확실하게 들어와 버린 무료함, 무료함은 그 색깔이 진해지면서 외로움으로 바뀌기 시작했다.

직장과, 남편과, 아이들에게서 벗어나 오로지 혼자만의 시간 갖기를 얼마나 갈망했던가. 아주 잠깐씩 먹구름 사이 햇살처럼 주어지는 혼자만의 시간을 얼마나 난 소중하게 여겼었던가. 그런데 그 혼자만의 시간은 일주일을 넘기지 못하고 나의 두 손을 들게 하고 말았다. 드라마란 드라마도 다 봐 버렸고, 영화도 더 이상 눈에 들어오지 않았다. 냉장고를 아무리 뒤적여 봐도 맛있음직한 음식이 없었다. 인터넷 게임도 심심했다. 뭘 할까. 책을 읽는다거나 글을 쓴다는 것도 머리가 아프다. 아이들 오면 동네 산책이라도 가야지. 저녁때가 되어서야 아이들은 겨우 집으로 왔다. 그리곤 가방을 바꿔 메고 다시 나갔다. 학원 갈 시간이었다. 어떤 날은 집에 오지도 않고 곧장 학원으로 가 버리기도 했다. 퇴근한 남편은 저녁을 먹자마자 침대에서 꼼짝을 하지 않았다. 옆에서 징징거려 봐야 소용없다. 하긴 나도 그랬었다. 퇴근하고 집에 오면 저녁도 먹기 싫을 때가 많았다. 만사가 귀찮고 그저 쉬고 싶다는 생각뿐이었다. 아이들이 놀아 주라고 할 때마다 거절하기 일쑤였다. 너희들 일은 너희가 알아서 해. 독립성을 길러야 돼. 허울 좋은 명분이었다. 나중에 아이들 다 분가해 가고 나면 혼자만의 그 많은 시간들을 다 어떻게 채우게 될까. 생각이 많아지는 시간이었다.

혼자 계신 친정어머니와 시어머니의 마음을 백번 이해하고도 남았다. 외로움과 무료함, 그 공백의 시간을 일로 채우시는 마음, 나이 들어서 일하시는 부모님이 안스러워 일 못하게 하면 병난다는 말의 의미를 백번 이해할 수 있었다. 그리고 얼마 전 스위스에서 국민당 300만 원씩 국가에서 무조건 지급해 주겠다는 내용에 대해 국민투표를 붙인다는 사실을 두고 여러 가지 논란이 있었다. 그중 대표적인 반대 의견이 그러면 누가 일을 하겠냐는 것인데, 지극히 기우에 불과하다는 사실을 여기서 난 느끼게 된다. 마냥 놀고 먹을 수 있다고 해서 행복까지 책임져 주지는 않는 것이다. 생계 문제를 국가가 책임져 준다면 국민들은 좀 더 창의적이고 개성적인 일에 관심을 가지게 될 것이다. 제 몸을 놀려서, 혹은 제 머리를 써서 무언가를 이뤄 낸다는 사실은 삶을 얼마나 풍요롭고 아름답게 하는가.

결국 기침과 어지럼증을 무릅쓰고 다시 밭으로 나갔다. 하우스 문을 열자마자 미소가 번진다. 제법 후덕한 몸매를 자랑하는 오리 두 마리 여전히 달음질쳐 오고, 진초록 귤나무 이파리 사이 동글동글 열매들이 놀고 있었다. 젖살이 통통하게 오른 돌잡이 아이들처럼 야무지게 크고 있었다. 집에서 혼자 보낸 그 무료했던 시간들을 한꺼번에 보상받고도 남는 모습이다. 무엇보다 일주일 사이 몰라보게 커진 열매의 크기가 대견스럽다. 일차 열매솎기가 끝나고 자연 낙과도 이제 다 되어서 본격적으로 크는 일만 남았다. 특별한 일이 생기지 않는다면 한여름의 열기를 마음껏 들이마시며 이들은 자랄 것이다. 그 열기가 서서히 뒤로 물러설 즈음엔 노랗게 익어 갈 것이고 향긋하고 달콤한 과육을 우리에게 줄 것이다.

슬슬 돌아다니며 열매를 더 솎아 냈다. 충분히 솎아 낸다고 했지만 늘 열매 수가 많다. 따내 버리기에 아깝다는 생각이 들어 손이 덜 가기 때문이다. 그러나 그런 아쉬움 때문에 한두 개 더 남겼다가는 낭패 보기 십상이다. 가급적 크게 키우는 게 상품가치가 더 좋다. 손 안에 잡히는 열매가 탱글탱글 힘이 있다. 그 느낌을 고스란히 받으며 오래도록 과수원 안을 돌아다녔다. 감기의 기운은 사라진 지 오래고. 무료함이나 외로움, 그런 거 난 모른다. 여기가 내 일터다.

나의
6차 산업은
가능할 것인가

수지계산을 맞추기 위해
극단적인 선택을 하는 농부들

열매숨기 막바지에 이른 열매들이 제법 굵다. 탁구공만한, 혹은 골프공만한 열매들을 모두 모았다. 시시때때로 쳐준 농약 성분을 제거하기 위해 물에 담가 박박 문지르며 씻었다. 세제를 넣어 한 번 더 씻어 내고, 그래도 좀 불안해서 마지막 헹굼 물에 식초를 약간 타서 하룻밤 담가 놓았다. 아침에 일어나 부엌으로 나가는데, 향긋한 한라봉 향이 코에 닿는다. 상쾌하다. 그런데 열매의 색깔이 약간 변해 있다. 본래의 초록 빛깔을 잃은 허여멀건한 알맹이들이 풀죽은 듯 섞여 있다. 식초 양이 많아 그새 삼투압이 일어났나 보다. 식초의 성분을 간과한 데서 생긴 실수다. 오래 담그지 말고 헹궈 내기만 해도 될 것 같다.

물을 바꿔 한 번 더 헹구고 물기를 뺐다. 약간 변색이 되긴 했지만 맑게 씻긴 열매의 표정은 싱그러웠다. 물방울 속으로 굴절되는 초록 빛깔, 그 싱그러움 위로 향긋한 한라봉 향이 더해졌다. 도마를 준비해 반쪽으로 잘랐다. 달콤하고 씁쓰름한 향이 더 짙어졌다. 초록의 겉껍질에 싸인 알맹이는 작았지만 꽃잎 같은 모습은 아름다웠다. 설탕에 재워 병에 담았다. 얼마의 시간이 지나면 달콤하고 씁쓸한 한라봉 발효액이 만들어질 것이다.

농사에서 면적대비 수익의 비중은 대단히 중요한 문제다. 땅값, 시설비, 인건비 등을 최소화하고 수익을 최대치로 끌어올려야 한다. 농산물 가격은 날마다 떨어지는데 하늘 높은 줄 모르는 땅값과 시설비, 돈 주고도 구할 수 없는 인력은 농부들에게 극단적인 선택을 하게 한다. 수지계산을 맞추기 위해 농사의 규모를 아주 크게 하거나, 아주 작게 하거나.

나의 꿈은 강소농이다. 애초 큰 게 내 것이 아니었으므로 선택의 여지는 없었다. 밭에서 나는 생과만 판매하던 것에서, 쓸모없이 버려지는 모든 것들을 이용해 또 다른 상품을 만들어 보리라. 제조 과정에서 들어가는 온갖 종류의 화학물질을 배제하고 순수하게 본재료만을 이용해 제품을 만들어 낸다면 소비자의 관심을 얻을 수 있지 않을까. 여름에 솎아 내는 열매로 한라봉 발효액을 만들고, 겨울에는 비상품 한라봉을 이용해 잼을 만들어 보자. 우리도 먹고, 이웃도 나눠 주고, 궁극적으로는 싸게 판매해서 농가소득에 일조를 기할 수 있다면 그게 곧 정부에서 말하는 6차 산업이지 않을까. 내 가족이 먹는 것이므로 품질은 걱정하지 않아도 될 것이고, 농가에서 직접 판매를 하는 것이므로 가격도 더 저렴할 것이다. 판매자도 좋고, 구매자도 좋은, 그런 일을 염두에 두고 있었다.

그러나 그건 뭘 몰라도 한참 모르는 생각이었다. 일단 판매를 하려면 그에 따르는 법적인 절차가 필요했다. 일정 규모 이상의 시설과, 그에 따른 자본금 같은 형식적인 것들. 가정집 부엌에서 만들어진 물건을 아무렇게나 판매하도록 우리나라의 법이 어수룩하지가 않은 것이다. 밭에서 버려지는 것들을 상품으로 만들어 판매하려면 농부가 아니라 사업가가 되어야 한다. 시설비 등의 투자비를 만회하려면 그만큼의 판매량이 나와야 할 것이기 때문이다.

얼마 전 블루베리 농사를 짓는 사람을 만났다. 제주도에서 8년째 블루베리 농사를 짓고 있다는 그분은 블루베리 주스 두 박스를 내게 안겼다. 생과로 판매되지 못한 블루베리를 주스로 만들었는데, 그 주스마저 소비를 못해서 이렇게 들고 나왔다는 것이었다. 정부로부터 선정된 6차 산업 지정업체는 판매에 아무런 도움이 되지 못했다. 농민들의 대부가 되어야 할 농협마저 이 블루베리 주스를 가판대 위에 올려 주지 않았다고 했다. 음료 코너에 빼곡이 전시된 대기업의 제품들을 그냥 구경만 하다 돌아올 수밖에 없었다는 그분의 눈자위 주름이 유독 깊었다.

제가 키운 과일이 그대로 썩어 나가는 것이 아까워 주스를 만들었다. 그 주스를 만들기 위해 농사 자본보다 더 많은 자본을 가지고 시설투자를 해야 한다. 그 시설비를 만회할 제품은 거대자본에 밀려 판매조차 되지 않는다. 농민은 어디로 가야 한단 말인가. 환태평양지진대 불의 고리처럼 벗어날 수 없는 굴레가 뚜렷이 감지되었다. 답답했다.

아직 이렇다 할 결론은 없다. 6차 산업의 실상이 그렇다 하더라도 방법은 얼마든지 있을 것이다. 아직 뚜렷하게 잡히는 것은 없지만 방향을 정확하게 잡고 지속적으로 관심을 기울이다 보면 희미하게나마 열리는 길이 있을 것이다. 그 길이 나타날 때까지 모든 농부들은 최선을 다할 수밖에 없다.

일렬로 선 네 개의 유리병에 날짜를 써 넣었다. 이로써 나의 임무는 기다리는 일만 남았다. 아니, 한 가지 임무가 더 남았다. 좋은 발효액이 만들어지면 좋은 사람들과 나누는 것도 나의 임무다.

제비,
집을 짓다

제비 둥지가 시끄러울 때쯤
남동생에게도 예쁜 각시가 생겼으면 좋겠다

제비가 흥부집에 집을 지은 이유는 놀부네 집보다 더 화목한 가정이어서라고 막연하게 생각하던 때가 있었다. 우리 집에는 한 번도 제비집을 지은 적이 없었고, 그건 우리 집이 화목한 가정이 아니라는 증거라고 단정을 지어 놓고 있었다. 어쩌다 처마에 걸려 있는 제비집 때문에 지저분하고, 냄새나고, 시끄럽다는 친구의 툴툴거리는 소리가 전혀 불평 같지 않은 부러움으로 다가왔던 이유도 거기에 있었다. 국어책에 나와 있는 이야기대로 제비가 찾아와 흙을 물어오는 양이 보이면 나도 아버지를 졸라 제비가 점찍어 놓은 그 밑에 나무 널판지를 대어 주리라 마음을 먹고 어떤 널판지가 좋을까를 궁리하곤 했지만 한 번도 제비는 우리 집에 집을 짓지 않았다.

선과 악의 대비가 극명하던 어린 시절은 아주 잠깐 사이 흘러가고 그 흐르는 시간 따라 선도 악의 경계도 흐려져 어느 게 선인지,

어느 게 악인지조차 애매해져 버린 나이가 되었다. 화목하지 않다고 여겨졌던 그 어린 날의 우리 집이 얼마나 소중하고 아름다웠었는지 그때 그 나이에 난 왜 그렇게 불행이란 단어에 집착을 하며 보냈었는지 지금은 이해가 되지 않고….

친정집 현관 천정에 제비가 날아들었다. 천정 구석으로 진흙 점 몇 개 찍힌 모양을 보고 물었더니, 막내는 신기해 죽겠다는 표정을 지으며 제비가 집터로 점찍어 놓은 자리라 한다. 그 많고 많은 자리 중에 하필이면 이곳에 자리를 잡았을까. 점 몇 번 찍어 보고 아니다 싶으면 다른 곳으로 가겠지 생각을 하며 별 관심을 두지 않았다.

아버지 기일이라 오랜만에 집에 갔더니 그새 제비집을 완성하고, 거기에 알까지 낳았단다. 동글동글 뭉쳐진 진흙들이 알맞게 물기를 머금고 빗살무늬 토기 모양처럼 역삼각을 이룬 제비집이었다. 진흙 사이사이 지푸라기도 적당하게 섞인 게 선천적으로 터득된 건축술이라고 하여도 참 대단하다. 몇 날 며칠을 진흙이며 지푸라기를 물고 날랐을 제비의 노고가 짐작이 된다.

하루 종일 두 마리 제비가 들락거리면서 저들 나름대로 분주하다. 행복한 가정이 저 젊은 제비 부부에게 이뤄지기를 빌어 본다. 그러면서도 한편으론 도대체 왜 하필이면 이곳에 둥지를 틀었을까. 튼튼하고, 깨끗한 다른 집들도 많은데….

지어진 지 오래된 친정집은 어머니와 남동생이 들어가 살면서 손을 본다고 하였지만 아직도 비가 오면 벽으로 습기가 올라오고, 금이 가 있는 벽은 곧 쓰러질 것처럼 불안하다. 제비가 지금 집을 지은 곳도 벽돌을 대충 올려서 만든 현관인데 비만 오면 거실로 비가 들이치는 것을 방지하겠다고 바깥 기둥을 의지해 만든 곳이다. 아직 시멘트 속살이 그대로 있고, 기존에 있던 벽의 페인트는 습기에 떠서 금방이라도 부서져 내릴 것 같다. 이렇게 불안한 집이라도 그나마 있으니 다행이라고 생각하면서 우리는 살지만 선택의 폭이 많았던 제비는 왜 하필 이곳에 날개를 부렸던 것일까. 어쩌면 그들도 우리처럼 가난하고 외롭게 살아야 하는 건 아닐까. 이제 나는 제비가 흥부집에 집을 지었던 이유를 화목한 가정이어서가 아니라 가난한 집이어서 그랬던 것은 아닐까 하는 생각을 한다. 아들과 외롭게 살아가는 칠순의 노모에게 화목이란 단어를 붙이기에는 좀 억지스러운 면이 있으니, 흥부네와 친정집의 공통점이라면 가난하고 외롭다는 것밖에….

거실에서 제사 음식을 만들며 틈틈이 현관 쪽으로 눈길을 준다. 한 마리 제비가 와서 둥지에 앉으면 한 마리는 마당 빨랫줄 위에 앉아 있다. 과도한 행동이나 시끄러운 소리 하나 없어도 서로에게 집중을 하고 있다는 걸 충분히 느낀다. 그리고 그 둘이 사력을 다해 집중하고 있는 건 집안에 있는 몇 개의 알일 것이다. 그래 가난이란 단어는 치워 버리도록 하자. 가난하다는 게 제비들에게 무슨 의미가 있으랴, 외로우면 외로운 대로 제 옆에 있는 이들에게 집중하면서 살아가면 그만이지. 풍족하지는 않지만 가족끼리 흩어져 살아야 하는 것도 아닌데 좀 불편하더라도 집 하나 있는 게 그게 어디인가.

　이제 곧 부화될 새끼 제비들의 모습을 그려 본다. 어느새 입가에 미소가 돈다. 제비 둥지가 시끄러울 때쯤 우리 남동생에게도 예쁜 각시가 생겼으면 좋겠다. 그리고 곧 제비 새끼 주둥이 같은 아기가 빨간 혀를 내밀고 우렁차게 우는 소리 마당 밖으로 넘쳐났으면 좋겠다.

산수국 꽃이
피었습니다

마당 앞 소나무 숲에
도깨비불이 나타나던 유년

어릴 때 내가 살던 집은 마을과 떨어진 곳에 있었다. 집과 집이 이어지는 마을의 마지막 집을 지나 밭과 밭을 한참 돌아 긴 올레를 따라 들어가면 삼나무 울타리 깊은 밭 한쪽에 우리가 살던 집이 있었다. 남쪽으로 망오름이 이마를 맞추어 섰고, 마당 너머 소나무 숲이 울울창창 그늘을 드리우고 있었다. 사람들의 말소리보다 바람 소리가 더 많이 들리는 집에서 산다는 것은 늘 외로움을 동반하고 있었다. 유일하게 세상과 연결되던 학교마저 가지 않는 일요일이나 방학이 되면 우리는 나무들 속에 갇혀서 아웅다웅 사람들처럼 살아가는 나무들의 세계를 올려다보곤 했다.

모든 것이 부족했지만 모든 것들이 풍족했던 당시, 아침 밥상머리에서 은밀하게 주고받는 이야기들 속에는 가끔 어젯밤 마당 앞 소나무 숲에 도깨비불이 나타났다 사라졌다는 이야기도 숨어 있었다. 입으로 내뱉는 말보다 머릿속에 그려지는 이야기가 더 많았던 당시 내게는 생각의 한쪽에 도깨비들이 사는 마을이 있었다. 머리에 뿔을 달고 눈이 하나밖에 없는 것은 여느 도깨비들과 다름이 없었지만 송곳이 뾰죽뾰죽 난 도깨비 방망이 대신 커다랗고 둥근 불빛을 내며 다니는 도깨비였다.

비가 부슬부슬 내리는 밤, 학교에서 돌아오는 길에 혼자 만나는 도깨비 불빛은 나의 오금을 저리게 하였다. 흔들흔들 바람에 몸을 맡긴 채 내가 지나가야 하는 길 모퉁이에 버티고 있는 도깨비 불빛. 얼어붙은 발자국을 어쩌지 못해 한동안 그 자리에 그대로 서 있으면 점점 내게로 다가오는 불빛의 고리. 마중 나오지 않는 어머니를 원망하며, 이미 아무것도 보이지 않는 눈을 질끈 감을 무렵, 불빛 속에서 들려오던 동네 아주머니의 목소리. 그 목소리가 들려오기까지 내 전신을 옴짝달싹 못하게 만들었던 그 공포감은 오래도록 의식의 밑바닥에 깔려 있었다. 도깨비불이라고 하는 것이 어떤 현상인지 이미 학교에서 배운 것이었지만 가로등도 없고, 집도 없는 농로를 밤에 혼자 걸으며 생기는 공포는 모든 논리를 무색하게 하고도 남았다. 사실 그런 이론으로 나타나는 도깨비불을 만난 적은 한 번도 없었다. 늦게 밤일을 마치고 오는 동네 어른의 후레쉬 불빛을 도깨비불로 착각하고 공포감에 떨었던 것이다.

동쪽 울타리를 건넌 밭모퉁이에 사람의 발길이 닿지 않는 곳이 있었다. 무성한 수풀이 우거져 있고, 여름이 되면 그 수풀 위로 꽃

이 피었다. 둥글둥글 피어나는 꽃은 파란 색깔과 푸르딩딩한 색깔
과 흰색과 연둣빛이 섞여 제맘대로의 색깔로 피워 내고 있었다. 도
깨비의 불빛과 비슷한 꽃이었다. 밤에만 돌아다니는 도깨비가 낮
에는 저 꽃으로 변장해 숨어 있을 거라는 상상은 그리 어려운 게
아니었다.

> 밤마다 머리맡에 푸른 등을 달았어
> 소나무 숲에 살던 도깨비 불빛들이
> 계집애 재잘거리듯 꿈속에서 놀았어
>
> 잠에서 빠져나온 개구쟁이 얼굴들이
> 돌담 아래 숨어들어 꽃인 양 시침떼는
> 제 모양 제 색깔대로 재잘재잘 피어나
>
> 시간 따라 변하는 게 꿈만은 아니었어
> 무성해진 수풀 사이 두려움과 호기심 사이
> 꽃 안에 꽃을 피우며 길을 찾고 있었어.
> _졸시 〈수국〉 전문

　내 유년 시절의 공포심과 미지의 세계에 대한 호기심에 맞닿아
있는 수국이었다. 그런 수국이 최근 들어 사방에 지천이다. 사람들
이 그만큼 좋아하는 꽃이 되었다는 뜻일 것이다. 품종 개량이 되
었는지 색깔도 붉은색에서 파란색, 노란색, 파스텔톤 계열의 색깔

들이 사람들의 시선을 사로잡는다. 더군다나 뭉게뭉게 피어나는 구름처럼, 펑퍼짐한 내 몸매 같은 꽃의 크기는 화려한 것을 좋아하는 현대인들의 시선과도 잘 맞아 있는 것 같다. 나도 그 화려하고 세련된 표정이 좋아지기 시작했다.

거리로 나온 수국과 얼굴을 맞대기 시작하자 나는 다시 산수국의 표정에서 예전에 알지 못하던 것들을 읽어 내기 시작했다. 도깨비가 표정을 바꾸고 서 있는 것이 아니라 어딘지 처연하고, 슬픈 사연을 감추고 있는 듯, 그늘 아래로만 숨어드는 산수국. 그 표정에 감추어진 이야기에 홀려 끝 모를 심연에 빠져들고 있었다. 제1횡단도로를 타고 가다 교래리로 빠져드는 길로 접어들면 길 양옆으로 늘어선 산수국의 행렬. 있는 듯 없는 듯, 지나는 이들에게 아는 체도 않는 모습이지만 한 번 그들에게 빼앗긴 시선을 거두기는 쉽지 않다. 가끔 빗방울 촉촉이 머금어 고개 숙인 그들의 모습을 보는 날이면 차를 세우지 않을 수 없게 된다.

안개비 촉촉이 내리는 초여름의 어느 날, 무조건 차를 몰고 교래리 어디쯤, 혹은 사려니 숲길 시작점 그 부근으로 가자. 흠뻑 젖은 채 옆으로 살짝 고개 돌린 스무 살 처녀 같은 산수국을 만나러.

사슴벌레
집으로
오다

그래, 운명이다
같이 살아 보자

난데없이 귤나무 이파리에 매달려 있는 사슴벌레 한 마리. 집게를 머리에 단 직사각형 몸뚱이가 내 눈에 들어왔다. 아무것도 없는 비닐하우스 안에서 뭐하는 거지. 일단 조심스레 손으로 잡아 본다. 갈퀴발로 붙잡고 있던 이파리를 놓고 내 손에 잡혀왔다. 약간의 실랑이가 있었지만 문제가 되지는 않았다. 엄지와 검지 사이에서 팽팽한 긴장감이 느껴진다. 허 참 신기하다. 얼마 만에 보는 거야.

예전에는 참나무 밑둥치에서 곧잘 발견되곤 하던 사슴벌레였다. 자신이 노출되었다는 사실을 모르는 채 사슴벌레는 참나무 둥치에만 연연해 있었다. 작은 나뭇가지 같은 걸로 녀석의 몸을 툭툭 건드렸다. 녀석의 화를 돋우기 위해서였다. 인내심이 바닥난 녀석이 집게를 바짝 치켜들었다. 무엇이든 잡히기만 하면 가만두지 않겠다는 완강한 의지가 집게에 고스란히 배어 있었다. 우린 그 모습에 환호성을 지르며 더 약을 올렸다. 집게에 걸리지 않도록 나뭇가지로 툭툭 치다 빠지는 아이들과 그 나뭇가지를 붙잡아 분질러 버리겠다는 사슴벌레의 실랑이가 한참 이어졌다. 순진함과 잔인함이 공존하던 시기가 지나고 한참 만에 다시 만난 사슴벌레다.

근데 어떡하지? 하우스 밖으로 버리기에는 아깝고, 그대로 놔두자니 뭔가 손해 보는 기분. 일단 바구니에 넣었다. 집으로 갈 때까지 그대로 있으면 가져가 키워 보고, 도망가 버리면 할 수 없고.

사슴벌레는 가끔 날아다니기도 한다는데, 하루 종일 바구니 안에서 꼼짝을 하지 않았다. 바구니 안에 놓인 모자 밑으로 약간 이동했을 뿐이었다. 그래 운명이다. 같이 살아 보자. 집으로 가져왔더니 아이들이 뛸 듯이 좋아한다. 사슴벌레 책자를 가져와 어떻게 키워야 하는지 연구를 한다. 물에 닿으면 안 된대. 야행성이라서 애는 지금 자야 돼. 아, 그래서 애가 낮에 꼼짝을 안 한 것이구나. 딸은 인터넷을 뒤져 가며 사슴벌레 사육에 필요한 상자와 먹이들을 검색한다. 상자와 먹이는 오일장에 가서 사기로 하고, 일단 플라스틱 통 안에 화장지를 깔고 놓아 주었다. 사과 몇 쪽 잘라서 넣고 잠시 두었더니 화장지를 다 걷어 내고 그 안에 들어가 사과를 부둥켜안고 꼼짝을 하지 않는다. 아이들은 또 그 모습에 호들갑이다.

며칠 후에는 오일장에 가서 암컷 한 마리를 샀다. 기골이 장대한 수컷과 달리 암컷은 작았다. 생각 같아서는 잘생긴 수컷 두어 마리 더 사다 놓고 싶은데 주인 여자가 말린다. 수컷은 절대 한 공간에 두 마리 이상 놓는 게 아니란다. 저들끼리 서열 싸움하느라고 어느 한쪽이 죽는다는 것이다. 죽을 때까지 싸운다는 말이다. 수컷들의 세상은 참 무섭다. 사람도 마찬가지다. 신학기가 되어 새로운 반이 결정되면 남자아이들은 한동안 치고 박고 정신이 없단다. 서열을 정리하는 과정이란다. 그렇게 서열 정리가 끝나면 반에 평화가 찾아온다고 했다. 그런 면에서 우리 집은 아직 서열 정리가 끝나지 않았다. 늘 남편과 아들이 서로 티격태격이다. 아들에게 유독 이기려 드는 사람이나, 그런 아빠한테 꼬박꼬박 말대꾸하는 아들이나 수준이 똑같다.

서열을 정하지 않아도 되는 사슴벌레 통 안에는 평화가 늘어져 있다. 새로 넣어 준 톱밥과 먹이통 사이에 굴을 파고 드러누워 있는 수컷과, 톱밥 깊숙이 숨기를 좋아해 종종 행방을 알지 못하는 암컷이 서로의 존재를 아는 듯 모르는 듯 무심하게 시간을 흘려보내고 있다.

자연에서 혼자 외롭게 살던 녀석을 데려와 먹이 걱정 없이 대 주고, 짝을 지어 주고 그 어떤 자연적 위험에서 벗어나 살게 해 주었으니 이 녀석은 행복할까. 집에 데려와 며칠을 버티지 못하게 되면 어떡하나 하는 걱정에서 벗어나기는 했지만 톱밥 사이로 숨어 버린 사슴벌레의 행방을 따라가다 문득문득 드는 생각이다.

안개
속으로

안개도 나도 가로수도 길도
끝점을 향해 가고 있다

눈썹까지 달라붙은 안개 때문이었을까. 며칠째 혼란해진 마음을 정리하기 위해 차를 몰고 나섰다. 안개는 순서를 정하지 않고 아무데건, 어디로건 제가 가고 싶은 데로 간다. 머리부터 내려오기도 하고, 발바닥 근처를 맴돌다 천천히 무릎을 타고 배와 가슴, 머리까지 제 영역을 넓히기도 한다. 그런가 하면 저는 가만히 있고 나를 오라 하여 모든 불명확 속에다 나를 처박아 놓고 세상 보는 눈을 다시 가지라 강요한다. 답답한 노릇이다. 분명하던 길이 흐려지고, 분명하던 생각도 이곳에선 앞뒤가 맞지 않는다. 내 바깥이 온통 흐려질 때 나도 따라 내 형체를 지워야 하는 것인가. 그럼에도 불구하고 혼자 꿋꿋하게 선을 유지해야 하는 것인가. 내 몸의 세포들이 물기로 가득 찼다.

어디를 가 봐도 안개가 나보다 조금 앞서 있다. 딱 그만한 거리를 유지하면서 나를 희롱하듯 앞서간다. 어쩌면 내 길을 제가 알고 있다는 듯, 제가 먼저 그 길을 가 보겠다는 듯, 그렇게 간다. 자동차의 속도계를 올려 본다. 좀 더 속력을 내면 저 안개를 뚫고 맑아진 세상으로 나갈 수 있을 것 같다. 그러다 울컥 브레이크를 밟았다. 뜬금없이 튀어나온 다른 차가 나의 속도를 막아섰다. 앞범퍼가 찌그러지고, 군데군데 페인트칠이 벗겨진 게 그 이력이 만만치 않음을 보여 주는 파란색 트럭이 거친 숨을 몰아쉬고 있다. 여기 어디쯤 샛길이 있다는 것을 알고는 있었지만 신경 쓰지 못했다. 트럭은 내 조급함이 의아하다는 몸짓으로 천천히 좌회전을 한다. 지금껏 지나온 안개의 찌꺼기를 털어내듯 부르르 몸을 한 번 떨고는 또다시 안개 속으로 사라졌다.

내 길의 안부는 오로지 저 황색 실선 안에 있다. 무작정 그 실선을 따라 핸들을 잡았다. 아차, 실선도 끊기는 곳이 있다는 것을 미처 생각하지 못했던 것이다. 보이는 것에 희망을 둔 사람들이 보이지 않는 실존을 애써 무시한 결과이리라.

가끔 자동차의 속도감에서 느끼는 쾌감을 멈출 수 없을 때가 있다. 시간보다 더 빠른 내 이동의 속도감이 지나간 과거로부터 나를 분리해 줄지도 모른다는 생각에서였을까. 노란색 깜빡이가 켜지는 갈림길을 아슬아슬하게 지나기도 하고, 이미 중앙선으로 진입한 다른 차를 곡예하듯 피하면서 속도를 유지해 본다. 그러다 어느 순간 내 차는 갓길에 멈춰져 있기를 수차례.

실선을 버리고 샛길로 들어섰다. 어느 목적에 닿는 지름길인지 알 수 없지만 가로수가 옹립해 준다. 그러고 보면 길이란 항상 누군가의 옹립을 받고 있는 것 같다. 황색 실선 안에 있거나, 가로수 안에 있거나, 혹은 나무 덤불에 둘러싸여 있거나, 그도 저도 아니면 강물이든 바다든 그렇게 둘러싸여 있거나… 시간의 이동, 공간의 이동, 정신의 이동, 그 모든 변화의 통로를 길이라고 한다면, 그리고 그 길이 어느 목적을 향해 끊임없이 움직이는 것이라면 마땅히 이만한 옹립은 받아야 하지 않겠는가.

콘크리트 포장 도로와 가로수가 이어지면서 만나는 X자의 끝점으로 안개들이 몰려간다. 블랙홀이 모든 사물을 빨아들이듯 안개도 나도 가로수도 길도 모두 그 끝점을 향해 가고 있다. 내 삶도 결국은 거기로 향하고 있는 것임을… 세상의 모든 애매한 것들을 다 빨아들이고 나면 어느 순간 맑고 선명한 세계가 눈앞에 펼쳐지지는 않을까.

한라봉
매달기

직선의 미학과 보일 듯 말 듯한
감춤의 아름다움

며칠째 장마다. 터줏대감처럼 버틴 안개 위로 오락가락하는 장
대비가 하루에도 몇 번씩 날씨를 스케치한다. 태양을 잃어버린 해
바라기는 아직 꽃을 품지 못했다. 길을 잃은 사람들은 안개 속에
서 불쑥 나타났다가 어디론가 사라졌다. 철거덕철거덕 헐리던 과
수원도 철거를 멈췄다. 안개는 과수원의 비닐하우스를 지우고, 밭
으로 가는 길을 지우고, 하루의 일과마저 지웠다. 길가의 풀들은
깊어지고 정자나무 아래 모인 농부들의 어깨마다 하얗게 걱정처럼
안개가 매달려 있었다.

그 깊은 안개 속에서도 난 바빴다. 아침 다섯 시, 검은 어둠이 물
러나는 자리에 다시 하얀 어둠이 찾아드는 길을 달려 과수원으로
향했다. 내 아들 주먹만큼 커진 한라봉을 마저 매달아 주어야 하
기 때문이었다. 비닐하우스 안은 안개도 빗방울도 침입하지 못하

는 불가침의 성역이다. 고열의 체온을 유지한 내부는 변화무쌍한 날씨로부터 저 홀로 독야청청이다. 하얀 어둠 속에 의심처럼 보이던 사물들이 여기선 확실하게 선을 긋고 개성을 자랑하고 있다.

비닐하우스에서 일하는 사람들에게 장마는 일의 능률을 올릴 수 있는 절호의 기회다. 숨이 턱턱 막히는 한여름의 열기를 장마의 안개와 비가 일정 정도 식혀 주기 때문이다. 아침 새벽 해가 오르기 전부터 한낮의 열기가 본격화되기 직전까지, 그리고 그 열기가 어느 정도 식을 오후에서 저녁까지가 한여름 비닐하우스 작업 시간이다. 그러나 장마 기간에는 한낮의 빈 시간까지 작업 시간으로 다 채울 수 있다.

한라봉 매달기는 아직 삼분의 일 정도 더 해야 한다. 하얀색 끈의 끝점에 하나씩 매달린 한라봉 크기가 제법 굵다. 비닐하우스 이쪽과 저쪽의 끝점을 연결한 철사에서 하얀색 끈이 내려오다 허공에서 한번 매듭을 걸었다. 그 매듭을 기점으로 확성기 소리 터지듯 내려간 직선의 하얀 끈. 귤나무 이파리들의 초록색 바탕 위에 그어지는 하얀색 직선들은 언제 봐도 아름답다. 더 단단한 파란색 끈이 있음에도 불구하고 굳이 하얀색 끈을 사다 쓰는 이유이다.

한라봉 매달기는 수많은 매듭들을 만들어야 하는 작업이다. 매듭짓기를 처음 배울 때 난 내 머리가 이렇게 나빴었나 하는 자괴감을 가져야 했었다. 중심 매듭과 귤 사이에 정확한 거리를 재고

마술처럼 손가락을 돌려 고리를 만들면 거기에 편안하게 제 몸을 맡긴 한라봉 하나가 있었다. 내게 방법을 설명해 주시던 시어머니의 얼굴은 이 정도는 충분히 할 수 있겠지 하는 표정이셨다. 그러나 몇 번을 해도 제대로운 고리는 생기지 않았다. 크기가 조절되는 고리는 한라봉이 빠지지 않도록 조여 주기도 하고 느슨하게 풀어 주기도 해야 하는데 내가 만든 고리는 심지 굳게 제 크기에서 움직여 주지 않았다. 고리가 제대로 만들어지면 중심 매듭과 한라봉과의 거리가 맞지 않았다. 풀고 다시 묶기를 반복하는 사이 고리의 크기가 조절되고, 줄의 길이가 더듬더듬 제자리를 찾아가기는 했다. 그러나 속도는 한량없이 더디었다. 하루 종일 쉬지 않고 매듭을 지으면 나무 두 그루가 겨우 끝났다. 이 속도로 언제 저 많은 한라봉을 다 매다나 한숨이 절로 나왔다.

속도는 제법 나아진 지금, 한라봉 묶기의 본질은 잊어버리고 현상에만 매달려 있다. 한라봉 무게를 받쳐 주고, 나뭇잎 속에 묻혀 있는 열매들이 햇빛에 노출될 수 있도록 적절한 간격을 유지시켜 주는 게 열매 묶기 본래의 목적이라 한다면, 난 지금 무조건 이 열매를 다 묶어야 한다는 사명감에만 불타 있다. 온전히 그게 목적인 것처럼. 하루하루 일의 분량을 생각하고 기계처럼 손을 놀리다 보면 줄에 매달린 가지는 사방팔방으로 휘어져 있고, 열매와 열매들은 서로 엉켜 부딪치고 있었다. 묶인 열매들에 파묻혀 원래보다 더 햇빛을 받지 못하는 것들도 생겨났다. 그렇게 일을 했음에도 불구하고 문득 얼굴을 들어 시선을 멀리하면 초록색 나무들 틈새마다 쳐진 하얀색 빗금들. 그 직선의 미학과 보일 듯 말 듯한 감춤의 아름다움에 가슴이 뿌듯해졌다. 장마임에도 몸은 땀에 절고, 뜨거워진 얼굴의 열기가 자꾸 안경의 시야를 흐리게 하지만 초록색과 하얀색의 조화 앞에 빙그레 미소를 지을 수밖에 없었다.

다시 비가 온다. 우두두두 두두두… 휴대폰에서 들리는 방송이 빗소리에 묻힌다. 잠시 이어폰을 꺼내 끼고 다시 손을 움직인다. 나무 사이사이 하얀색 빗금들이 쳐진다. 초보자의 붓칠처럼 천천히 세심하게 초록색 도화지를 채워 가고 있었다.

어느
하늘 맑은 날의
한낮

내 삶은 바다에 있지 않았고
나는 바다로 가는 길을
잃어 버렸다

하늘과 바다가 제 영역을 확실하게 구분하고 있다. 파란색이라는 이름에 뿌리를 두고 있지만 그 본질의 많고 적음에 따라 차이는 확연하다. 바다는 멀리 나갈수록 색깔이 짙고, 하늘은 바다와 가까워질수록 본색을 감추고 있다. 파란색이라는 개념과 눈에 보이는 색깔의 괴리와 다양성을 언어로 다 설명해 내는 건 어림없는 일이다. 눈에 들어오는 대로 받아들이고, 돌아서면 잠깐 망막에 남은 여운을 즐기는 것으로 족할 일이다.

칼로 그은 듯한 하늘과 바다 사이의 수평선을 그대로 두고 하늘 가운데 쪽으로 듬성듬성 있던 구름이 순식간에 어디론가 사라진다. 이윽고 수평선 아래쪽으로부터 피어나는 하얀 기운. 오랫동안 억눌렸던 것들이 한 번 터지면 통제할 수 없듯, 걷잡을 수 없는 구름 덩어리들이 수평선에서 빠져나와 남쪽 하늘을 하얗게 채우고 있다. 동그란 꽃잎처럼, 이제 막 만들어 낸 아이들의 솜사탕처럼.

"저렇게 수평선에서 구름이 올라오는 건 이제 곧 장마가 끝난다는 뜻이지." 산촌에서 자란 내게 시할머니께서 해 주신 말씀이셨다. 파란 하늘색 바탕 위에 그려지는 하얀 뭉게구름이 할머니의 포근한 음성처럼 모락모락 피어나고 있다. 장마가 끝나려나….

장마의 긴 지루함 사이에 낀, 안개의 불투명한 시선 사이에 낀, 어느 날 문득 찾아오는 깨달음처럼 하늘 맑은 날의 한낮. 일손을 멈추고 바다에 나와 있다. 어차피 한낮의 더위는 피해야 하고, 그 시간을 이렇게 눈 호강으로 채울 수 있다는 건 행복한 일이다. 일주도로에서 바다를 바라본다. 떠나간 연인을 먼발치서 바라보는 것처럼.

팽팽하던 수평선이 긴장의 끈을 놓는다 싶은 순간 그 틈을 놓치지 않고 들어오는 검은 구름덩어리. 하얗던 하늘이 금세 시커멓게 변했다. 오고가는 양도 없이 그대로 색깔을 바꾸는 하늘의 변신술에 잠시 어리둥절. 칼로 자른 듯 선명하던 세상이 순식간에 혼돈의 상태로 변했다. 툭, 투둑, 빗방울 떨어지는 소리. 내 앞의 어린 풀꽃 하나 크게 휘청인다. 차고 넘치면 덜어 내야 하는 법. 검은 구름이 빗방울로 넘치고 있다.

토산 앞바다. 어릴 적 학교에서 단체로 해양물놀이를 왔던 곳이고, 학교 운동장을 단장하기 위해 바닷돌을 주워 나르기도 했었다. 백중날이면 부모님과 함께 물놀이를 왔던 곳이기도 하다. 그늘이 지는 바위 아래 터를 잡고, 텃밭에서 따온 수박 한 덩이 산물이 나는 물통에 담갔다. 한여름의 열기를 걷어 내고 수박 속 깊이 산물의 차가움이 스며들 때쯤 어머니는 수박을 꺼내 잘랐었다. 검은 바위 위에서 속을 드러낸 수박의 빨간 색깔은 태양보다 더 강렬했다. 차갑고 빨간 수박은 어른이 되어서도 여름바다를 생각하면 맨 먼저 머릿속을 파고드는 이미지가 되었다. 파도가 들어오지 않는 곳을 골라 입술이 새파래지도록 물놀이를 하다가, 바위틈마다 빼곡하게 들어 있던 보말이며 참고매기를 잡았다. 그렇게 물놀이를 하고 난 그날 저녁부터 우리들의 등허리며 얼굴은 햇살에 화상을 입어 벌겋게 따끔거리다 허연 피부가 뱀허물 벗듯 벗겨지며 아물어 갔다.

그 바다를 앞마당에 두고도 손발 한 번 담그지 못하고 지나는 날이 많다. 내 삶은 바다에 있지 않았고, 바다에도 주인이 생겨나 팻말을 박고, 울타리를 치면서 나는 바다로 가는 길을 잃어버린 것이다. 일주도로를 기점으로 바다 쪽은 아무도 제 것이라 하지 않았고, 아무라도 들어가 주인처럼 사용할 수 있었던 그때와 달리 아무도 눈여겨보지 않는 사이 리조트가 들어서고, 연수원이 들어섰다. 땅에 말뚝을 박고 들어선 건물이었지만 그 건물들은 바다마저 제 영역의 둘레를 치고 사람들의 발길을 통제하고 있었다. 사람들은 영역의 바깥에서 포기라는 울타리를 착실하게 받아들이고 있었다. 이제 어쩌면 먼발치에서 바라보는 것마저도 그만한 댓가를 지불해야 할지 모를 일이다.

　장맛비와의 일전을 준비하고 있었는데, 의외로 싸움은 싱겁게 끝났다. 무슨 사정이 생겼는지 몇 방울 떨어지던 비가 금세 그쳤다. 검은 구름이 제 표정을 다 바꾸지도 않은 채 동쪽으로 물러간다. 빗방울이 찾아들어야 할 번지수가 잘못되었던 걸까. 덕분에 날씨는 더 후텁지근해졌다. 지열이 지글지글 끓어오르면서 지면과 가까운 물체들의 형체를 일그러뜨린다. 내 발도 저 땅에 닿기 전에 녹아내릴 것은 아닌가 하는 두려움이 잠깐 든다. 조금만 더 쉬었다 가자. 하늘과 바다의 이분법이 더 확실해질 때까지.

소나기

생기고 떨어져
소멸하는 것들이
저렇게 경쾌할 수가

　지구가 둥글다는 것을 느낄 수 있는 기회가 그리 많은 건 아니다. 한참 동안 수평선을 바라보다 마치 볼록 거울을 보는 것과 같은 착각을 한다. 바다가 활처럼 휘었다. 사물을 있는 그대로 볼 수 있다면 지구가 네모나다거나 하는 생각은 하지 않았을지도 모른다. 사물을 있는 그대로 보지 못한다는 것이 가져다 준 불행과 오욕의 역사를 우리는 얼마나 많이 봐 왔던가.

　오른쪽으로 섶섬이, 왼쪽으로 야트막한 바위가, 그리고 그 사이 한아름 바다가 있다. 바다 위에 하늘이 있다. 하늘과 바다의 경계선을 분명히 하는 수평선이 팽팽하다. 세심하게 그린 중년의 립라인을 수평선에 비유한 어느 시인의 시선은 정확하다. 바다일 수도, 하늘일 수도 있는 것이 분명한 제 이름을 앞세울 수 있었던 것은 저렇게 팽팽한 자존심도 한몫 했으리라.

내 앞에서 나가기 시작한 바다가 수평선 가까이에서 제 색깔을 분명히 하겠다는 듯이 군청색으로 짙어진다. 그 독기 품은 듯한 푸른색을 다 감당하지 못한 하늘이 제대로 제 색깔을 내지 못한 채 엎디어 있다. 자세히 보면 수평선 전체가 선명한 건 아니다. 섶섬 옆에서 동쪽으로 갈수록 아주 조금씩 그 선명도가 떨어진다. 가장 선명한 곳에는 형체가 분명치 않은 구름이 바다에서 빠져나와 하늘로 솟구치고 있다. 그 구름 때문에 수평선의 색감이 더 도드라져 보인다. 구름이 동쪽으로 빠져나가면서 수평선의 자존심도 힘을 잃고 있다.

내 앞으로 펼쳐진 바다는 조용하다. 가끔 물속에 숨어 있는 바위를 만난 물살이 하얀 물보라를 일으킨다. 물보라는 제가 가진 힘에 아무런 관심이 없는 듯 일어섰다 털썩 주저앉아 버린다. 그리곤 또다시 다른 물살에 섞여 내 앞으로 밀려온다. 가까이에 발에 채임직한 돌부리 몇 개가 마지막 물살을 받는다. 목표치에 도달한 것들이 갑자기 길을 잃어버리는 것처럼, 올 데까지 다 온 물살은 무념무상 그대로 흩어진다. 방향도, 목적지도, 그리고 흔적도 남기지 않는다.

아주 잠깐 사이 섶섬 옆으로 안개가 번져 오는 것 같더니 그렇게 팽팽하던 수평선이 순식간에 사라져 버렸다. 하늘과 바다의 경계가 일순간에 무너진다. 바다의 거리가 가늠되지 않는다. 끝이 보이지 않는 것에서 느끼는 이 막연한 두려움. 좀 전까지만 해도 배를 타고 저 수평선까지 가 보고 싶다던 생각은 싹 사라졌다.

안개 속으로 들어가면 전혀 다른 세계가 나의 발목을 붙잡을 것 같다.

나무 하나하나 바위 하나하나 다 보이던 섶섶조차 사라졌다. 날씨는 또 무엇을 보여 주기 위해 미리부터 저렇게 배경 정리를 하는 것일까. 바다조차 코앞에 있는 것만 남기고 싹 다 지운 순간, 툭. 툭. 툭… 빗방울이 떨어진다. 수평선이 사라질 때처럼, 순식간에 다가온 빗방울은 천지를 한꺼번에 부서 버리고 말겠다는 듯 기를 쓰고 아래로 돌진한다. 바람도 없이 느긋하게 땅바닥에 누워 있던 낙엽들이 벌떡벌떡 놀라 일어난다. 하늘이 어두워지고 세차게 비는 내리고, 낙수가 쉴 새 없다.

잠깐 우산 걱정을 하고, 아직 남아 있는 커피의 양을 가늠하며 창 넓은 찻집 안에서 창밖을 제3자의 시선으로 바라보고 있다. 바다 전망을 흐리던 전깃줄을 타고 빗물이 흐른다. 옆으로 늘어진 전깃줄 따라 주루룩 흘러와서는 적당한 곳에서 손을 놓는 빗물이 경쾌하다. 어느 순간 물방울이 생기는가 싶더니 곧바로 옆으로 주욱 미끄러지고, 그리곤 탁 떨어진다. 하나 둘 셋 넷, 여기저기 생기고 떨어져 소멸하는 것들이 저렇게 경쾌할 수가. 떨어지는 물방울 숫자가 잠시 줄어든다 싶었는데 비가 그쳤다. 안개가 물러가고, 섶섶이 어느새 돌아와 그 자리에 서 있고, 수평선, 또다시 제 몸을 팽팽하게 잡아당기고 있다. 아직 커피잔에 커피는 남아 있다. 소나기인가 보다.

비닐하우스
비닐을
다독이다

한자리에 마음을 두지 못하는
비닐을 줄로 묶었다

막바지에 다다른 것들의 표정은 우울하다. 익숙한 곳에서 낯선 곳으로의 이동을 전제하고 있기 때문이다. 더구나 희망이 거세된 낯선 곳으로의 이동은 더욱 그렇다. 빛났던 과거와 바람만 드나드는 현재에 대한 비교, 거기서 오는 우주의 미세한 파장도 한몫했을 것이다. 꿈의 상실은 현재를 얼마나 어둡게 하던가.

비닐하우스 샛문 옆으로 바람이 드나든다. 0.1밀리미터 두께가 넘는 비닐을 뚫고 길을 낸 바람의 행동에 우월감이 가득하다. 들고 남에 거침이 없다. 한쪽 옆구리를 터 준 비닐은 환자처럼 바람이 하자는 대로 몸을 맡긴다. 바람이 들고 날 때마다 착실하게 제 몸을 비틀어 길을 만들어 준다. 그 몸짓에 주관적 의지는 없다. 공기에 분해되지 않는다던 과학적 이론에도 불구하고 손만 대면 가루가 되어 흘러내릴 것 같은 비닐 한쪽. 긴장하지 않은 몸은 저렇게 쉽게 부서지는 것인가. 오래된 기억처럼 날마다 한쪽 귀퉁이들이 떨어져 나간다.

비닐의 터진 틈으로 들어오는 바람은 한 줄기 오아시스 같은 상쾌함을 준다. 한여름 더위와 비닐하우스의 열기가 더해진 상태에서 행운처럼 내 몸을 어루만지는 바람의 손길. 얼굴과 목덜미의 솜털이 살랑살랑 반응을 한다. 평소 느낄 수 없던 작은 세포들이 우수수 제 느낌대로 일어난다. 절대적인 결핍 상태에서 주어지는 아주 작은 허용. 최대의 행복함이다. 우린 그걸 모르고 산다. 큰 쪽으로만 방향을 튼 시간들이 우리를 그렇게 만들어 버렸다. 그렇지만 이런 행복감을 여기서 느끼다니, 농부로서의 프로의식이 부족한 탓이다. 더 이상 비닐하우스의 수리를 미루면 안 되겠다.

본격적인 더위가 시작되었다. 장마의 끝. 더위와의 일전이 남아 있지만 그 싸움을 무색하게 만드는 게 태풍에 대한 대비다. 일 년 치의 노고가, 혹은 앞으로의 희망마저 한순간 무너뜨릴 수 있는 주범이기 때문이다. 지난주부터 남편은 휴일마다 비닐하우스 위를 오르락거렸다. 비닐하우스 곳곳에 난 바람 틈새를 다독이고 너덜거리는 비닐을 핀으로 고정했다. 한자리에 마음을 두지 못하고 자꾸 허공에 제 머리를 찧는 비닐을 줄로 묶었다. 터지고 삭은 비닐을 도려내고 새 비닐을 덧댔다. 바람이 비집고 들어올 만한 가능성을 원천적으로 봉쇄하는 것이다.

태풍이 오면 비닐하우스 문을 열어야 할까, 닫아야 할까, 혹시 바람 길을 열어 줘야 하는 건 아닐까 하는 생각을 잠깐 했었다. 비닐하우스의 얇은 두께가 태풍을 통째로 받아들이는 건 무리지 않을까. 태풍 피해를 보도하는 뉴스 끝에 어김없이 등장하는 비닐하우스 파손 소식은 다 그런 이유이지 않을까. 그러나 그 생각은 쉽게 수정되었다. 태풍을 준비하는 사람들은 모두 비닐하우스 문을 걸어 잠그거나 아예 비닐을 걷어 내 집이라는 의미를 해체해 버렸다. 끝까지 저항하거나, 애초에 포기하거나. 간단명료한 행위이지만 그 결과에 도달하기까지의 많은 경험과 고민을 충분히 짐작한다.

한나절의 노력 끝에 팽팽해진 비닐하우스. 저보다 강력한 위력 앞에선 누구든 본능적으로 몸을 움츠리게 마련이다. 단단하게 제 몸을 감싸 안은 비닐하우스가 자못 비장한 표정이다. 그 단단해진 어깨 안에서 귤나무들의 푸름은 더 짙어졌다. 얇은 비닐의 집 안에서 나무들은 오로지 열매를 키우는 데 골몰할 것이다. 얇고 작은 힘이지만 외부로부터의 완력 앞에 충분히 저를 지켜 줄 것이라는 믿음은 한여름의 열기보다 더 강렬하게 성장을 촉발시킨다.

비닐은 외부로부터의 모든 충격을 막아 내고, 나무는 무조건 성장하는 게 그 임무다. 농부는 그 사이에서 무엇이든 어느 한쪽으로 치우치지 않게 적당한 조절을 해 낸다. 과하거나 부족하지 않게. 균형적 발전과 분배야말로 좋은 열매를 만들어 내는 공통의 목표를 앞당긴다. 그 목표를 위해 어느 것 하나 소홀히 할 수 없는 시간이 흘러간다.

고구마
줄기처럼

아주 작은 농부가 되어
아주 작은 농부들끼리
단단한 하부구조의 뼈대를 세워 가고

식물들에게 장마는 일종의 터널이다. 입구는 넓지만 출구는 좁다. 길고 어두운 터널을 건너 무사히 반대편에 도착한 고구마 줄기가 밭담 위를 넘보고 있다. 옆에서 같이 출발했던 배추며 열무는 그 긴 터널 안에서 처참하게 사그라들었다. 비에 처지고, 벌레에 뜯기다 앙상하게 뼈만 남은 배추 쪼가리 몇 개 바랭이들에게 포위되어 있다. 고개를 숙인 배추, 당당하게 둘러선 바랭이. 이미 상황 파악 다 끝내고 자신의 처지에 맞는 포즈를 취하고 있다. 약자 앞에서 더욱 당당해지고, 강자 앞에서 움츠러드는 건 식물 세계에서도 마찬가지다.

텃밭 다른 한쪽은 팽팽한 긴장감이 돈다. 고구마 줄기가 바랭이에게 포위된 형국이지만 그것만으로 전세를 판단하기엔 아직 이르다. 장마의 긴 터널을 건너는 동안 오히려 그 세를 더 확장시킨 건 고구마 줄기나 바랭이나 마찬가지다. 고구마 줄기 우듬지가 정확하게 바랭이들을 겨누고 있다. 우리를 포위했다고? 가만두지 않겠어. 당당하게 머리를 쳐든다. 그 우듬지 아래, 떼로 몰려들어 머리를 들이박고 있는 바랭이. 7월이 가고 8월 한복판쯤이면 이들 싸움에 승자가 가려질지도 모르겠다. 물론 나는 대놓고 고구마 줄기 편.

지인이 가져다 준 고구마 줄기를 심은 건 5월말이었다. 심었다가 여름에 나물로 먹으라며 건네준 고구마 줄기는 그새 시들시들해 있었다. 이게 살까. 의심을 풀지 못하고 있는 나를 아랑곳하지 않고 남편은 흙을 돋웠다. 이랑을 만들고 거기에 물기 다 빠진 채 늘어져 있는 고구마 줄기를 꽂아 넣었다. 농업용수를 끌어와 물을 흠뻑 주고 만족한 표정을 짓는 남편. 그런 남편 옆에서 의심의 눈초리를 거두지 못하던 나였다. 저게 살아나기는 할까.

죽지는 않았지만 그렇다고 살아 있다고 하기에도 이상한 모양으로 고구마는 6월을 보내고 있었다. 이랑이며 어디며 빈 공간마다 바랭이들이 꾸역꾸역 모여들었다. 그 위세에 눌렸는지 고구마 줄기는 잎사귀 하나 없이 흔적만 겨우 남기는 것으로 제 존재를 표시하고 있었다. 의심의 눈초리 저 밑바닥에 깔려 있던 희망을 이제 거둬야겠구나 생각할 무렵, 고구마 줄기의 흔적만 남아 있던 땅에서 새로운 싹이 돋아났다. 꼬물꼬물. 죽음의 문턱을 몇 번이고 넘었을 싹이었지만 표정 어디에도 그런 흔적은 없었다. 희망과 호기심 가득한 표정이었다. 안개에 싸여 있던 7월 장마 기간 동안 쉬지 않고 세상을 흡입한 고구마 싹은 이제 이 텃밭에서 누구도 넘보지 못하는 강자가 되어 있었다.

며칠 전 멀리 있는 지인으로부터 한 장의 사진이 보내져 왔다. 고구마 꽃이었다. 나팔 모양 꽃잎의 보라 색감이 가운데에서 바깥으로 퍼져 가는 꽃, 고구마 줄기 사이에 선녀처럼 피어 있었다. 아주 어릴 때 얼핏 본 기억이 있었지만 그 후 사진으로만 보던 꽃이었다. 내심 내 텃밭의 고구마에서도 그 꽃을 볼 수 있지 않을까 기대를 하고 있었는데, 그보다 먼저 핀 고구마 꽃이 내게로 온 것이었다. 세심하게 꽃을 살피고, 그 모양을 담아 보내 주신 정성이 참 따뜻했다.

농사를 지으면서부터 사람들과 주고받는 게 많아졌다. 먼저 다가가지 못하고 숫기 없이 멀뚱하게 서 있는 내게 사람들은 자꾸 손을 내밀었다. 지나가다 나와 똑 닮은 호박 한 덩이를 놓고 가는 이웃 삼촌이 있고, 밥에 넣어 보라며 삼다수병에 담긴 완두콩을 건네주는 동생도 있다. 내가 가진 건 한라봉 몇 개뿐이라 그걸 건네면 고구마를 한 박스 꼭꼭 담아 보내 주는 마음 착한 사람들도 알게 되었다. 기력이 다 하도록 일을 하다 밥을 먹으러 가면 메인 메뉴보다 더 푸짐한 음식을 내주고도 나올 때엔 비닐봉지 한 가득 톳을 챙겨 주시는 식당 주인도 알게 되었다.

세상이 돈만 알아서 돈 없는 사람들에게 미래는 어디에도 없다고 절망 섞인 목소리가 많다. 그렇지만, 우리들의 미래는 바로 이

지점에 있지 않을까 싶다. 상위 1%가 하위 99%를 지배하는 세상에서 99%에 속하는 우리끼리 서로 다독이며 살다 보면 장마에도 쉼 없이 커 가는 고구마 줄기처럼 당당해지는 날이 오지 않을까. 소외 계층들끼리의 연대니 하는 어려운 용어를 잘 모르더라도 말이다.

고구마 줄기를 살짝 걷어 본다. 고구마 이파리로 둘러싸인 내부는 줄기와 줄기들이 서로 엉키고, 서로 받쳐 주면서 단단한 구조를 만들고 있다. 공사 중인 건축물의 내부구조를 연상케 한다. 이렇게 단단한 하부구조야말로 고구마 줄기를 성장시키며, 고구마 꽃이 피는 그 지점까지 쉬지 않고 나아갈 수 있게 하는 원동력이리라.

이제 겨우 이웃의 팔을 내 어깨에 두르고 나 또한 이웃의 어깨에 팔을 둘러 은근히 다가오는 이웃들의 힘과 사랑을 감지하고 있다. 아주 작은 농부가 되어 아주 작은 농부들끼리 단단한 하부구조의 뼈대 하나 세워 가고 있는 것이다.

숲에
깃든 하루

직선과 직선 사이 햇살이 들어왔다. 무표정했던 수직이 밝고 부드러워졌다. 검게 굳어 있던 색깔이 잔잔하게 부서졌다. 부서지는 색깔은 갖가지 제 본색을 드러내며 숲속에 퍼진다. 맑고 가볍다. 햇살처럼 통통거리는 색깔이 숲속에 가득하다. 아직 사람들이 한산한 아침 아홉 시. 혼자 멍하니 앉아 숲속의 느낌을 즐기기엔 안성마춤이다.

아침 숲속은 원초적이다. 세상의 때를 타지 않은 바람, 원시의 숲에 깃들어 있던 이슬, 이제 막 빛을 내기 시작한 태양, 자연의 일부임이 분명한 사람도 이곳에선 원시인들처럼 눈이 맑아지고, 작은 소리에도 민감하게 귀를 세울 수 있으며, 자연의 언어로 이들과 말을 주고받을 수 있다.

초록 모자를 쓰고 초록 옷을 입은 로빈훗과 그 부하들이 나무

기둥에서, 혹은 나무 꼭대기에서 불현듯 내려와 내 앞길을 막아설 것 같다. 그들은 놀라는 나를 어르고 달래고, 장난을 치며 내 손을 잡고 노래를 부르고, 어깨를 토닥이며, 나를 나뭇가지 위로 올려놓을 것 같다. 그들의 행동은 햇살처럼 가볍고 이슬처럼 맑다. 숲속은 그들의 영역. 바람을 타고 노는 나뭇잎처럼 나도 그들과 어울려 숲의 일부가 된다.

평상 위에 하늘을 마주 바라보고 누웠다. 삼나무 숲이 남겨 놓은 하늘 한 조각이 내 가슴에 내려앉는다. 손바닥만한 작은 하늘에 구름이 흐르고, 바람이 불고, 비행기가 날아간다. 틈틈이 새도 지나간다. 출렁이는 물처럼 삼나뭇가지가 흔들리고, 가만히 올려다보노라면 약간의 멀미끼가 일어 눈이 감긴다. 바람이 살랑이고, 새가 울고, 주변이 조용해진다. 아차, 깜박 졸았다.

초등학교 동창들과 찾은 절물자연휴양림. 주변 산책로를 걷고 온다면서 일군의 친구들이 떠나고 몇은 그늘 아래 평상에 남아 앉기도 하고 눕기도 하며 마음껏 늘어짐을 즐기고 있다. 모두들 아침형 인간들인지 모임 시간을 아침 여덟 시로 해 놓았다. 덕분에 한산한 주차장에 주차를 할 수 있었고, 수많은 평상들 중에서 마음에 드는 걸 고를 수 있었다.

여름내 더위에 지친 몸과 마음을 풀어야 한다며 소집한 모임이었다. 아직 과수원 일이 다 끝나지 않아 참여에 약간 망설여지기는 했지만 정작 휴식을 제일 잘 즐기고 있는 나였다.

아랫동네에서 태어나 윗동네로 시집온 친구가 모임을 이끌었다. 유기농 귤까지 포함한 귤 농사에, 키위 농사, 거기다 마을 일까지 두루두루 살피며 사는 친구였다. 친정 동네건, 시집 동네건 동네 사람 모두가 친구 누구누구의 어머니 아버지들이어서 어느 한 사람 소홀히 지나칠 수 없는 형편이다. 작은 일 큰일 가리지 않고 동창 친구로서, 동네 이웃으로서 묵묵히 제 일처럼 해내는 친구였다. 작은 체구 어디서 그런 힘이 나는지 존경스럽기까지 하다.

작은 야유회 하나를 위해 일일이 전화를 걸어 근황을 묻고, 참석을 유도하고, 야유회 당일에도 끊임없이 회원들의 의견을 물으며 행사를 이끌어 나가는 친구의 모습이 든든하다. 구성원들의 의견을 살피는 데 소홀히 하지 않는 친구가 있어서 우리는 편안하고 행복한 하루를 보낼 수 있었다. 이렇게 작은 모임에도 리더의 역할이 이렇게 중한데, 자치단체나 나라를 이끌어 가는 지도자의 역량에 있어서는 더 말할 게 무엇이랴… 좋은 학력, 좋은 집안, 그런 거 다 소용없다. 누구를 위해서 일을 하고 있는지, 목적이 무엇인지, 분명한 사고와 정확한 방향성을 가지고 꾸준히 해 나가는 추진력, 그거면 족하다.

잠깐 친구의 농사 이야기를 들었다. 아직 초보 농부인 나에게는 이해되지 못하는 부분이 많았지만, 얼핏얼핏 그녀의 눈빛 속에 담긴 자부심과, 고난과, 힘겨움, 그리고 행복함은 충분히 감지되었다. 앞뒤 따지지 않고 그저 자신에게 주어진 일에 최선을 다하고, 거기서 행복을 찾아가는 친구. 그런 친구가 난 부러웠다.

배고프다는 친구들의 성화에 느릿느릿 평상에서 일어났다. 그 그늘과 바람과 여유로움을 놔두고 속세의 뜨거움 속으로 들어간다는 게 영 내키지 않았지만 할 수 없는 노릇. 왁자한 웃음소리를 이끌며 산을 내려왔다.

나무의
시간과 공간

현생의 감정을 지우고
물질의 본연에 닿아
제 살점 시간의 켜에 나눠 주는 게
이 시기의 목표

몸 안의 흐름이 멎은 지 얼마나 되었을까. 가지도 뿌리도 없이 나무 몸통 하나 풀더미에 쓰러져 있다. 외로운 독거노인의 죽음처럼 지상에 오르내릴 필요도, 죽음 앞에 머리를 조아리며 눈물 흘릴 필요도 없다. 한때의 푸르름을 다하고 나면 바람과 물과 햇볕에 육탈하는 시기가 찾아올 뿐. 현생의 모든 감정을 지우고 물질의 본연에 닿아 제 살점 하나하나를 시간의 켜에 나눠 주는 게 이 시기의 목표이리라. 어느 시간에 더 주고, 어느 시간에 덜 나눠 준다 하여도 아무도 이의를 제기하지는 않으리라.

표피를 벗은 나무의 속살은 어둡다. 햇볕과 물과 바람이 도로 입혀 준 색깔이다. 시간은 그 색깔을 비집고 들어가 나무의 살결을 잘게 부수어 공기 속으로 날려 보낸다. 눈에 보이지 않는 나무의 분자가 공기 중으로 흩어진다. 그렇게 나무는 아주 조금씩 제 형체를 바꿀 것이고, 그렇게 바뀐 나무의 행방에 대해서 우린 얘기하지 말자. 너무 작거나, 너무 큰 것을 받아들이기엔 우리들 사고의 그릇이 너무 평범하지 않은가.

어둠을 한 겹 벗은 속살 위로 햇볕과 물과 바람은 다시 서둘러 옷을 입힌다. 시간과 자연의 싸움, 혹은 그들만의 공생이다. 나무의 몸통에 그렇게 어둡고 밝은 숨바꼭질의 흔적이 어지럽다. 그러나 그 어지러움도 나름의 보편성으로 제 이름을 만들어 갈 것이고.

세상이 이렇게 일차원적이고, 상대적이기만 해서야 재미가 있겠는가. 썩어 가는 나무 몸통을 양분 삼아 버섯무리들이 자란다. 제3자의 출현이다. 나무 색깔과 똑같은 얼굴을 하고, 동글동글, 적당한 간격으로 장식처럼 앉았다. 버섯의 출현이 어느 누구에게 어떤 영향을 줄 것인지 나는 알 수가 없다. 흐름을 멈춘 썩은 나무 둥치에 뿌리를 박고 제 몸을 키워 가는 버섯. 죽음을 먹고 자라는 그들의 속성으로 해서 버섯은 현생을 벗어나 전생의 어느 지점을 살고 있는 존재처럼 느껴진다. 이승에서 저승으로 건너가는 나무와, 죽음에 뿌리를 둔 버섯과 그런 그들을 바라보는 나의 시선이 복잡하게 얽히어, 시간과 공간이 혼란스럽다. 그 혼란스러움을 이해하는 듯 손으로 만져질 수 없는 그림자 하나 나무의 허리께에 살짝 덮혀 있다.

여름나기

제가 할 수 있는 마지막 선까지
그저 묵묵히 버티는 것

한라봉 매달기까지 끝낸 과수원은 조용하다. 새벽을 열던 농부의 발자국 소리가 멎고, 아침저녁 농부를 실어나르던 자동차 소리도 없다. 자동센서로 비닐하우스 천정이 열리고 닫히던 소리도 없다. 태풍을 대비해 하우스 천정에 있는 비닐을 걷어 냈기 때문이다. 그새 농부의 발자국 소리를 잊었나. 문 열기가 무섭게 달려오던 두 마리 오리도 나타나지 않는다. 어디 시원한 그늘을 골라 낮잠이라도 자고 있는 것인가.

한눈에 보아도 달라진 것은 없다. 마지막 한라봉까지 끈으로 묶어 매단 뒤, 조금은 아쉬운 마음과 함께 하우스 문을 닫았던 그 모습 그대로다. 귤나무가 드리운 그늘 아래로 바랭이 몇 개 긴 몸체를 어렵게 가누고 있다. 적당한 습기와 충분한 영양, 세포분열을 가장 왕성하게 해 주는 안성맞춤의 온도를 만나 이들의 성장 속도는 가히 폭발적이다. 내가 돌아보지 않았던 일주일 사이 싹을 틔우고 한 뼘 정도의 키가 자랐으니 말이다. 가만히 보면 바랭이만이 아니다. 여기저기 이름도 모르는 잡초들이 슬금슬금 다시 들어와 부지런히 크고 있다. 어디서든, 어떤 환경이든 발붙이고 살아 보겠다는 그들의 의지가 강렬하다. 조만간 잡초를 다시 뽑아야겠다.

귤나무 가지 끝으로 연두색 어린 순이 돋아나 있다. 적당한 숫자의 여름순이 돋아나고, 그 순이 빨리 굳게 된다면 내년에 해거리 현상이 없다고 했다. 여름 순이 제법 골고루 나 있다. 그것만으로도 내년을 기대해도 되지 않을까 하는데, 자세히 보면 나뭇가지에서 연두색이 빠지려면 한참 시간이 걸릴 것 같다. 더구나 그 여름 순은 잎이 뒤집히도록 꼬여 있고, 더러 독한 햇살을 이겨 내지 못해 벌겋게 타 버린 것도 있다. 병충해에, 더위에, 어린 순이 혹사당하고 있는 것이다.

장마 끝에 이어진 폭염이 연일 기록을 갈아치우며 온도 그래프를 가파르게 끌어올리고 있다. 체온보다 더 높은 한낮의 기온이 새삼스러울 것 없는 것이 되어 버렸다. 예전에는 선풍기 하나로도 여름을 날 수 있었는데, 요즘은 어림없다. 에어컨도 용량이 좀 되어야 한다. 에어컨은 있는데 전기요금이 무서워 가동을 못한다는 사실이 사회 이슈가 되고 있다. 사실이다. 에어컨을 어찌어찌 장만한다 하여도 전기요금을 생각하면 좁은 집 한구석에 장식품이 될 때가 많으니 말이다. 그럼에도 우리나라 전기요금이 외국에 비해 터무니없이 싸다면서 가격 인상을 이야기하는 사람들이 있다. 분명 우리와는 다른 세계에 살고 있는 사람들이다.

장식품이 될 에어컨도 없는 비닐하우스 안에서 어린 순 몇 개가 그렇게 햇살을 이기지 못하고 말라 버렸다. 이런 날씨가 좀 더 지속이 된다면 나머지 새순들의 생명도 보장할 수 없다. 방법은 없는 것인가. 가을에 전정을 해서 말라 버린 새순을 다 다듬어 내면 된다고 하지만 더위에 목숨을 놓아야 하는 것들에게 유독 시선이 갈 수밖에 없었다. 올여름 이 더위에 얼마나 많은 약한 것들이 저 새순처럼 말라 가고 있을 것인지.

그 더위에서도 한라봉 열매는 무럭무럭 자라고 있다. 농부의 발자국 소리를 들으며 농작물이 자란다고 하지만 농부의 발자국 소리가 사라진 뒤에도 제 할 일을 잊지 않았다. 게으른 농부를 탓하거나 폭염을 하소연하지도 않는다. 그저 묵묵히 버티고 있는 것이다. 제가 할 수 있는 마지막 선까지.

시간은 반드시 우리 편임을 믿는다. 그 시간은 결국 폭염을 사그라들게 할 것이고, 한라봉의 무게를 더 무겁게 할 것이다. 한라봉을 매단 끈이 더 팽팽하게 당겨질 즈음 과수원 초록 나무 사이사이 노란 색깔이 번질 것이다. 그때까지 마음 허물지 말고 버티는 것, 우리가 할 일이다.

가을

제대로 익고 싶다

한라봉 발효액을
걸러내다

얇은 색감에
담긴 여유와 여백

6월 말에 담갔던 한라봉 발효액을 걸러냈다. 12리터 병에 담겨 있던 한라봉 열매를 건져내고 남은 액을 따라내니 삼다수병 하나가 조금 넘게 찬다. 눈에 보이지 않았던 고체 속 물기가 내 눈앞에서 제 존재를 드러내고 있다. 갈색 설탕을 타 놓은 듯한 색깔의 발효액이 삼다수병 안에서 곱다. 자잘한 한라봉 과즙이 부서져 자세히 들여다보면 혼탁한 액체인데 삼다수병 안이라서 그런지 투명하기까지 하다.

한 국자 덜어 내 물을 섞었다. 연둣빛이 도는 듯, 노란색이 도는 듯, 제3의 세계인 듯, 고급스런 파스텔톤 계열의 색감이 눈을 즐겁게 한다. 삼다수병 안에 담긴 갈색 원액에서 나온 색이라고는 믿기지 않는 색감이다. 맑아진다는 것은 사물의 속사정까지 다 들여다볼 수 있는 여유를 만들어 내는 것인가. 물을 많이 탈수록 색감은 더 얇아져 원액에 담긴 각각의 색감을 겹치지 않게 다 보여 줄 것만 같다. 신기하다. 그 얇은 색감에 담긴 여유와 여백이 보는 사람을 편안하게 한다.

설탕이라는 힘에 의해 분리된 몸체와 물기. 제 몸에 있는 마지막 수분까지 다 빼내고 누워 있는 몸체의 색깔이 누렇게 변색되어 있다. 푸르던 젊음은 물론 마지막 남은 희망의 찌꺼기까지 다 빠져나간 모습이다. 빠져나가려는 것과 남겨 두려는 것 사이에서 얼마나 많은 시간과 바람과 고뇌가 필요했던 것일까. 그 지난한 싸움의 끝자락에 푸름과 향기를 다 내주고 빈 몸만 남았다. 이제 무(無)로 돌아가야 할 시간. 승리의 잔에 가득 따라질 달콤하면서도 씁쓸한 기쁨을 맛볼 수 있는 특권은 제 것이 아니다. 부패의 문턱을 넘어 산산히 공중분해가 될 한라봉 표정이 순간 가슴 한쪽에 남는다. 그러나 그건 그의 운명이다.

가급적 우아하게 와인잔을 꺼내들었다. 7월과 8월의 혹서를 견디며 익은 맛은 어떨까. 혀의 감각을 최대한 긴장시키고 투명한 유리잔에 비치는 색감을 음미하며 입술을 댄다. 아련하게 느껴지는 한라봉의 향기, 신선하다기보다는 완숙하게 익었다. 마흔 살 여인의 향기랄까. 상큼한 20대나 8월의 햇살처럼 깊어진 30대의 이미지와는 또 다르다. 인생 뒤편의 어둠을 인지하고 함부로 일희일비하지 않는 그런 향기가 코끝에 스민다. 나무에서 순리대로 익어 가는 제 동료들보다 조금 더 세상을 알아 버린 듯한 향기가 익숙하게 다가온다.

이어 입술을 통해 조금씩 들어오는 맛, 혓바닥 세포 하나하나가 감지한 맛의 집합이 쓰고 달고 시고, 세 가지 영역으로 묶인다. 그 세 가지 맛은 다시 한데 어우러져 새로운 영역을 탄생시켰는가. 혀의 세포에서 머릿속으로 전달되는 동안 어느 새로운 차원의 세계를 거치는가. 정체를 확인할 수 없는 맛이 나의 뇌파를 흔들어 놓는다. 기분 좋은 상큼함이 전신에 확 퍼진다. 이만하면 되었다.

어리숙한 농부가 처음 만든 한라봉 발효액치고는 이만하면 제법 성공한 셈이다. 매사 마무리가 부족하여 글을 써도 뒤가 개운치 않고, 손끝마다 흘리고 다니는 게 많았었다. 그렇게 늘 부족하다 여겨지는 20%의 영역은 내년의 몫으로 남겨 두자. 혼자 안달한다고 당장 그 부족함이 채워질 것은 아니기 때문이다. 시간은 좀 더 향기롭고, 좀 더 상큼하고, 좀 더 달콤한 발효액을 만들어 해마다 내게 줄 것이다. 자, 이제 이 달콤하고 쌉쓸하고, 상큼한 음료를 어떻게 나누어야 잘 나누었다고 소문이 날까.

다시
잡초를 뽑다

제 세상을 만난 괭이밥들이
일동 기립 자세로 멈춰서 있었다

머리를 흐트러뜨린 바랭이가 열여섯 살 처녀 같다. 나물로 치면 맛이 제일 좋은 시기처럼 야들야들하다. 아주 연하지도 아주 짙어지지도 않은, 딱 거기 그 만큼의 색감을 지닌 채 나무 아래 무리를 지어 서 있다. 언제 여기다 미래를 예약했던가. 무지막지한 제초제의 폭압에 밀려 목숨을 놓으면서도 용케 씨앗 몇 톨 흙에 떨구고 간 바랭이의 질긴 생명력이 저토록 푸르렀던가. 밀감나무 아래 섬처럼 나 있는 바랭이를 손으로 뽑아낸다. 굳이 호미를 갖다 대지 않아도 쉽게 쉽게 제 뿌리를 드러내는 건, 싸움의 승패를 이미 알고 있다는 것인가. 아니면 농부 모르게 다시 내년을 준비해 놓고 있는 자신감의 다른 표현인가. 저항 한번 하지 않고 제 뿌리를 내어주는 바랭이를 나는 즐기듯 뽑아내고 있다.

올 초 과수원 땅에 양탄자 깔리듯 자라난 괭이밥과의 싸움은 나에게 처절한 패배를 안겼었다. 며칠을 두고 떡가래 밀 듯 괭이밥을 매고, 뿌리에 붙은 한 방울의 흙마저 다 털어내고 난 뒤 무덤처럼 쌓여 있는 괭이밥의 사체를 보며 승리의 미소를 지었었다. 한편 태어난 자리를 잘못 고른 탓에 내 손에 없어져야 하는 괭이밥의 운명에 약간의 미안함을 가졌던 것도 사실이었다. 그러나 그 미소는 며칠 가지 못하고 절망적인 표정이 되고 말았으나…

잡초 뽑기를 다 끝내고 난 며칠 후, 깔끔하게 단장된 과수원을 상상하며 문을 연 순간 바닥에 새파랗게 돋아난 괭이밥의 표정에 질겁을 하지 않을 수 없었다. 과수원 전체를 싹 다 점령하고 다시 살아난 괭이밥. 자잘한 괭이밥들이 제 세상을 만난 피터팬과 그 아이들처럼 놀고 있다가 뜬금없는 나의 등장에 일동 기립 자세로 멈춰 서 있었던 것이다. 우린 아무 짓도 안 했어요. 당신이 우리를 이렇게 만들었잖아요. 하는 표정으로 말이다. 김을 매면서 잘게 끊어진 괭이밥 뿌리며, 줄기가 또 하나의 개체가 되어 밭 전체에 쫙 퍼진 채 파랗게 돋아나 있었다. 김을 매기 전보다 더 넓은 영역을 확보하면서 말이다.

생명의 줄을 이어 가기 위해 아주 오랫동안 진화를 거듭해 온 그들의 생태를 이 어리숙한 농부가 어찌 알 수 있었으리. 태평농법을 선호하는 동생의 충고를 깨끗이 무시하고, 이웃 농부들의 조언도 귓등으로 흘리며 혼자 내린 결정의 결과였다. 결국 아직 한번도 쓰지 않았던 제초제를 쓰고 나서야 괭이밥은 밭에서 사라졌다. 제초제의 위력은 놀라워서 성목이 된 밀감나무만을 남기고 모든 식물을 다 없앴다. 풀 한 포기 없는 과수원 바닥을 훑어 가며 안도의 한숨을 쉴 무렵, 그 죽음의 땅에 새로운 싹이 다시 돋았다. 바랭이, 금장초, 쇠비름, 다시 괭이밥. 기를 쓰고 올라오는 그들이 일견 반가웠지만 보이는 대로 미련스럽도록 뽑아냈다. 다시 괭이밥과의 패전을 반복하고 싶지 않았다.

그러나 이렇게 손으로 뽑아내는 데에는 분명 한계가 있다. 제초제를 사용하지 않고 농사를 지을 수만 있다면 더할 나위가 없겠지만 현실은 그렇지가 않다. 순간 방심하면 걷잡을 수 없이 벌레와 병균이 쳐들어오고, 잡초들이 기승을 부린다. 일일이 벌레를 잡고 잡초를 뽑기엔 일손도 턱없이 부족하다. 무농약, 유기농 농사가 어려운 이유가 다 여기에 있다.

며칠, 소홀해진 틈을 타 다시 세를 확장시키는 잡초들이다. 그새 있는 듯 없는 듯 보호색 뒤편에 숨어서 틈을 노리고 있던 괭이밥도 꽤 눈에 띈다. 내 과수원에서만 뿌리를 내리지 않았어도 그 아름다움을 예찬하는 시 한 편 써 줄 용의도 다분히 있었을 것 같은데, 숨박꼭질하듯 생사를 넘나드는 싸움을 운명처럼 해야 할 판이다. 실벌레처럼 기어가는 괭이밥 줄기를 향해 두툼한 손을 또 뻗는다.

추석맞이
대행사,
벌초

일 년치 후대손으로서의 역할

　흐르지 않는 강물을 상상한 적이 있던가. 흐른다는 건 사명이고 존재의 이유다. 흐르는 게 강물만이었던가. 시간도 흐르고, 그 시간의 흐름에 따라 나도 흘러서 여기까지 왔다. 그리고 한순간도 멈추지 않고 또 저만큼 흘러갈 것이다. 도저히 흐를 것 같지 않았던 여름날의 폭염도 어느 순간 피부에 와 닿는 공기의 서늘함에 허무해진 아침. 아들 딸 모두 대동하고 벌초를 나섰다. 나보다 앞서 흘러가 어느 야산에 누워 있을 조상이라는 이름의 할머니 할아버지를 뵈러 가는 것이다.

　죽음과 삶에 한 몸으로 묶여 있던 이별이라는 슬픔이 저 홀로 흘러가 버린 자리에는 무성히 잡초가 자라고, 사람들은 와서 아무렇지도 않게 그 잡초를 자르고 허물어진 산담을 고인다. 깨끗하게 정리된 산소에 절 한번 하고 돌아서면 일 년치 후대손으로서의 역할을 다 했다는 홀가분함이 주변을 산뜻하게 했을 것이다.

　그렇게 흘러내린 한 족보의 어느 지점에 오늘은 우리 가족이 서 있다. 물론 문중 벌초를 하는 날이 따로 있기는 하다. 일 년에 딱 한 번 보는 먼 친척들과 일 년에 딱 한 번, 족보의 앞 페이지에 적혀 있는 이름의 묘소를 찾아 문중의 모든 남자들이 모여들어 벌초를 하는 날이다. 몇 군데 흩어져 있는 산소를 벌초하고, 최근 조성한 가족공동묘지에서 마무리를 하고 나면 점심을 먹는다. 아침 새벽부터 남자들이 집을 나서면 집안의 여자들은 점심 준비를 했다. 예전에는 벌초 날짜가 정해지면 여자들이 더 바빴다. 집안의 어느 대소사보다 더 많은 음식을 장만해야 했기 때문이었다.

　인구의 감소는 매스컴에서만 오르내리는 게 아니라 집안의 대소사에서도 확연하게 체감되는 문제다. 갈수록 젊은 사람이 줄어들고, 그 몇 명 되지 않는 젊은이들마저 직장이다 타향살이다 해서 벌초에 참여하지 못하는 사람들이 많아졌다. 덕분에 점심 준비는 집에서가 아닌 식당에서 차려졌고 집안 여자들은 느지막하게 정해진 식당으로 가서 같이 밥을 먹고 오면 그만이었다. 하지만 벌초의 경우는 사정이 다르다. 사람들이 줄었으니 일거리는 상대적으로 더 많아졌고 갈수록 산소는 늘어나고 있으니 일의 강도가 해마다 증가하는 것이다. 여기저기 흩어져 있던 산소들을 한 곳에 모아 놓았으니 그나마 예전보다 많이 수월해지기는 했지만, 언제까지 이렇게 벌초를 할 수 있을까. 누구도 장담할 수 없는 문제다.

자식대가 끊기신 외갓집 묘소 세 곳과 시아버지의 묘소는 가족 공동묘지로 이장되지 못했다. 다른 문중이라는 이유와 시어머님의 다른 생각 때문에 가족공동묘지에 가지 못한 묘소들은 문중 벌초 뒤끝에 붙이기가 그래서 우리끼리 날짜를 따로 정해 벌초를 하고 있다.

육체노동의 개념을 모르는 아이는 호미질 몇 번, 괭이질 몇 번에 벌써 힘든 기색이 역력하다. 조상이 무엇인지, 벌초는 왜 해야 하는지조차 생각이 없는 것 같다. 예전처럼 할아버지 무릎에서부터 조근조근 설명을 들으며 자라는 것도 아니고, 집안에서조차 그저 추석 전에 어느 하루 시간을 내서 해내면 그만인 행사가 되어 버렸으니, 모르는 게 당연할 수도 있겠다. 벌초를 왜 하는지, 여기 이분이 어떤 분인지 설명을 하려다 그만두었다. 어차피 설명을 한다 해도 아이들이 들으려 하지도 않을 뿐더러 나 역시, 아이들에게 설명을 해 줄 만큼 깊이 있게 알고 있는 것도 없다.

역사의 물줄기는 수시로 변한다. 새로 만들어지고 가다가 없어지고, 앞을 가로막는 무언가에는 휘돌아서 가고, 더러는 고집스럽게 그 무언가를 뚫고 나가기도 한다. 지금 휘어져 간다고, 어느 한 줄기가 스러져 버렸다고, 혹은 새로운 물줄기가 생겼다고 노여워한다거나, 슬퍼하거나 기뻐할 필요는 없을 것이다.

다가오는 추석 명절, 그 명절을 준비하는 벌초가 지금까지 우리 역사의 본류를 담당해 온 것은 사실이지만 이게 영원히 이어질 거라고 믿는 사람은 없을 것이다. 세심한 마음으로 들여다봐야 하는 우리의 전통과 문화들을 다 감당하기에 이 세상은 너무 복잡하고 빠르게 변하고 있다. 흘러가는 시간과, 흘러가는 족보의 한 지점에서 할 수 있는 만큼의 일을 하면 그뿐, 흘러온 과거의 길을 보며 흘러갈 미래의 가시밭길을 염려할 필요는 없다. 어느 길이든 처음은 모두 가시밭이었고, 자갈길이었으며, 무수한 시행착오 끝에 지금 이 길 하나를 마련한 것이니까 말이다.

　말끔히 정리된 시아버님 산소에 나란히 서서 절을 했다. 남편과 내가 서고, 아들 옆으로 딸이 섰다. 두 번 절을 하고, 반절을 하는 내내 아이들도 남편과 나도 말이 없다. 그 약간의 침묵 사이 우리 어른들이 하고 싶었지만 할 수 없었던 많은 이야기들이 아이들 마음속으로 아주 조금 전해졌다고 믿는 건 나만의 착각일까.

유기농을
꿈꾸며

자연의 물과 공기와 바람만을 먹으며 자라는
농산물을 키워 보리라

여름 순까지 돋아난 나무의 높이는 사람의 키를 간단하게 제압하고, 나무와 나무 사이 빈틈을 허락하지 않고 있다. 조심조심 심기를 건드리지 않겠다는 듯 몸의 유연성을 최대한 발휘하면서 나무 사이를 걷고 있다. 검은 그림자를 드리우고 있는 나무들, 포화된 초록이 제 색깔을 잃어버린 것일까. 초록빛을 잔뜩 머금은 이파리들이 그 한계치를 넘어 아예 검정 색깔의 문턱을 넘어서려 하고 있다. 보호색처럼 둘러싸인 이파리 위 한라봉 열매들이 탐스럽다. 언뜻언뜻 향긋한 한라봉 향기가 코끝을 스치고, 내 시선을 받은 열매들이 뿌듯한 표정을 짓고 있다.

그러다 문득, 한라봉 향기에 섞여 들어오는 머리 아픈 냄새. 세상에 있는 기분 나쁜 냄새들을 다 모아 놓은 듯한 고약한 냄새가 정수리 끝을 찌르며 들어온다. 농약 냄새다. 슬며시 자리를 이동

했다. 새순마다 가득 달라붙어 있는 진딧물을 없애기 위해 농약을 치고 있는 것이다. 며칠 전만 하더라도 보이지 않았던 진딧물이 오늘 아침에 와서 보니 새까맣게 달라붙어 있었던 것이다. 사람은 보이지 않는데 분수처럼 분무되고 있는 물줄기가 나무 사이를 세심하게 쏘아 대면서 지나간다. 지나간 자리마다 뚝뚝 떨어져 내리는 물방울들, 그 물방울들이 새순에 달라붙어 있는 진딧물 덩어리들을 깨끗하게 씻어 줄 것이라 믿는다.

명색의 농부가 농약을 한번도 쳐보지 않았다면 그래도 농부라 할 수 있을까. 보름에 한 번, 적어도 한 달에 한 번 이상은 꼬박꼬박 약을 쳐야만 품질 좋은 과일을 생산할 수 있는, 그런 일을 하겠다는 사람이 말이다. 그나마 이건 평균적인 일이고, 날씨에 따라, 병충해 발생에 따라 몇 번이고, 시시때때로 약을 쳐야 하는 게 농부의 중요한 일 중 하나다. 사실 농사를 짓겠다고 할 때 가장 고민이 되었던 부분이다. 다른 것들은 다 할 수 있겠는데 농약 치는 것만큼은 자신이 없었던 것이다. 그새 지끈지끈 머리가 아파 온다. 요즘은 살충제나 살균제에도 독성물질을 최대한 자제하는 추세여서 그 냄새가 덜 고약하다고 하지만 여전히 내게는 가까이할 수 없는 냄새다. 덕분에 농약 치는 일은 고스란히 남편 몫이 되었다.

무농약과, 유기농 농산물을 꿈꿔 보지 않은 농부가 얼마나 되겠는가. 생명을 연장하기 위해 먹는 음식물이 오히려 생명을 단축시키는 일이 된 지 어제 오늘이 아닌 지금. 내가 농작물을 키우게 된다면, 농약도, 화학비료도 사용하지 않는, 자연의 물과 공기와 바람만을 먹으며 자라는 농산물을 키워 보리라. 그런 생각을 왜 해 보지 않았겠는가.

　그러나 농사를 지으면 지을수록 그게 얼마나 어려운 일인가를 절감한다. 창궐하는 병충해와 바락바락 악을 쓰며 달려드는 잡초들, 거기에서 농부의 몫으로 남겨지는 것이 얼마나 되겠는가. 화학약품과 화학비료를 사용하지 않고 병충해와 싸워 이길 수 있는 건 나 같은 어리숙한 농부가 꿈꾸기에는 어림없는 일이다. 남들보다 몇 배 더 강도 높은 노동과 신경을 쓰면서 농작물을 수확해도 제대로운 댓가가 주어지는 것도 아니다. 그럼에도 불구하고 여전히 무농약과 유기농산물 생산을 포기하지 않는 수많은 농부들이 있다. 그들에게 존경과 응원을 보내는 것으로 만족한다. 언젠가 기회가 되면 나도 그들의 대열에 서서 한몫을 담당해 보리라 하는 꿈의 한 가닥은 깊숙이 묻어 두고 말이다.

의무를
다한 것들의
표정

습기가 빠지지 않아 늘 흥건했던 가슴 한쪽과
굴곡진 삶의 한가운데서 굽어 버린 허리

열매 묶기가 완료되었다고 해서 모든 일이 끝났다고 생각한 건 아니지만 그래도 얼마간의 여유는 있을 줄 알았다. 가끔 약이나 치고, 가끔 풀이나 뽑고, 그 정도. 그런데 생각보다 일이 많다. 하우스 위 물홈을 청소하고, 부식이 되거나 녹이 슨 철제들을 찾아다니며 방청제를 바르고, 헐거워진 부분들을 다시 고정시키고… 봄부터 한여름까지 내부 일을 했다면 이제 본격적으로 비닐하우스 자체를 돌봐야 할 시기인 것이다.

태풍에 대비도 할 겸, 여름 온도를 맞추기도 할 겸 해서 걷어 놨던 지붕 부분은 놔두고, 그 옆을 둘러쌌던 비닐을 내렸다. 한꺼번에 다 교체하기엔 버거운 일이라서 급한 부분부터 조금씩 교체해 보려는 것이다. 철구조물에 올라가 단단히 고정되었던 핀을 풀어냈다. 디근자로 만들어진 철제 홈 안에 비닐을 고정하고 있던 철사의 끝을 잡고 한 번에 확 잡아당겼다. 스프링처럼 들어가 있던 철사가 튕겨져 나온다. 그리고 그 안에서 외부의 힘에 눌려 있던 비닐이 슬그머니 몸을 부풀리며 빠져나온다. 압박으로부터의 해방이다. 그러나 그 해방의 감정에 기쁨이나 흥분은 없다. 느릿느릿 제 몸을 털며 주위를 둘러보는 표정이 복잡하다. 그런 비닐을 멋도 모른 바람이 와서 툭툭 건들어 댄다.

애초 투명하고 고운 빛깔의 비닐이었을 터, 2, 3년 똑같은 자세로 눈비와 바람과 차가운 공기를 막아 내느라 불투명하고 얼룩진 얼굴이 되어 버렸다. 나이들어 간다는 건 세상의 때를 묻히는 일이라던 어느 책 한 구절이 생각난다. 습기가 빠지지 않아 늘 홍건했던 가슴 한쪽과, 굴곡진 삶의 한가운데서 꾸부정하게 굽어 버린 허리가 바람에 자유롭다. 주름살 사이사이 깊숙하게 들어앉았던 찌든 때들도 허공으로 흩어진다. 그동안 삶을 불편하게 했던 것들이 핀 하나 풀어 냄으로써 말끔히 사라지고 있는 것이다.

그런데 왜 이렇게 슬픈 표정일까. 팽팽하게 당겨졌던 의무라는 줄 한끝을 놓친 이들의 표정이 저러할까. 붙잡는 것도, 붙잡을 것도 없는 비닐 한쪽이 상실의 표상처럼 아래로 머리를 내려뜨린다. 의무를 다했다는 건 쓸모없음이란 낙인이 찍히는 것인가. 이제는 그 형체조차 바람에 다 내어준 비닐 귀퉁이 얼룩진 얼굴 위로 자꾸 다른 이의 얼굴이 오버랩된다. 주름진 얼굴에 눈동자가 슬프다. 그러나 굳이 그 이름을 부르지는 않으려 한다. 겨우 비닐쪼가리 몇 개 걷어 내면서 감상적으로 불러도 되는 이름은 아니기 때문이다.

　더 이상 수행해야 할 의무가 남아 있지 않은 비닐들을 난 조심
성 하나 없이 잡아당기고 있다. 머릿속이 복잡해질 땐 몸을 움직이
는 게 제일 좋다. 팔에 힘을 쏟는다. 몸 가운데를 뚫고 선 철제를
빠져나오기 위해 비닐은 비명 하나 없이 제 몸을 갈랐다. 마지막
아픔처럼, 마지막 저항처럼. 출렁이는 비닐의 단면, 제 운명을 짐작
한 것들의 저항은 오래가지 않는 법이다. 구겨지고 찢긴 비닐들이
사체처럼 바닥에 쌓였다.

가을 하늘
둥지고
서서

생태계 보존의 깃발 아래서
야생동식물들과의
외로운 싸움을 하고 있는 농부들

키 큰 해바라기 하나 우뚝 서 있다. 과수원 입구 길가, 작년에 심었던 해바라기 씨를 거두었다가 올봄 다시 뿌린 곳이다. 내심 작년보다 더 풍성한 결실을 기대했었는데, 달랑 이거 하나 남았다. 다른 게 몇 개 있기는 했지만 제대로 크지도 못하고, 풀숲에 묻혀 있다가 어느 순간 빈 쭉정이만 남기고 삭아 가고 있었다. 관심을 덜 준 탓이리라.

저 혼자 나고 자라서 크고 고운 꽃을 피우더니 빈틈없이 씨앗을 품었다. 어느 일류 기하학자가 그리더라도 따라오지 못할 완벽한 나선형을 그리며 제법 실한 씨앗들이 박혔다. 아직은 덜 여문 것인지 씨앗 끝에 달린 꽃술이 다 떨어지지 않았다. 저게 떨어지면 수확을 해야지. 유일하게 남은 내 가을걷이 대상을 바라보며 수확이 될 때까지 온전할까 하는 의문이 든다. 바람이나 태풍 같은 기후 걱정보다 새들이 더 걱정이다. 풀숲에 묻혀서 꽃을 피웠던 작은 해바라기들은 이미 그들에게 씨앗을 몽땅 털린 상태다. 씨앗을 물었던 빈 잇몸들만 앙상한 채 풀숲에 쓰러진 해바라기 사체가 보기에도 민망하다.

사실, 새들과의 전쟁은 농부가 치러야 할 가장 지난한 싸움 중 하나다. 새들뿐 아니라 노루나 족제비들도 농부들이 가꿔 놓은 농작물을 망쳐 놓는 주범 중 하나. 해바라기를 비롯한 콩 등의 씨앗을 뿌리면 꿩 같은 산새들이 다 주위 먹어 싹을 피울 게 없다는 이야기가 심심찮게 들려온다. 새들의 눈을 피해 씨앗을 일일이 다 흙에 묻으며 파종을 해도 어떻게 아는지 땅속에 있는 씨앗까지 파먹는다고 했다. 올 초 하나하나 땅을 파 가며 심은 내 해바라기 씨앗, 그 발아율이 적은 것도 아마 이런 이유도 있지 않을까 하는 생각이다.

실제로 작년에 심었던 강낭콩은 꽃까지 어여쁘게 피고 난 뒤 토실토실 열매가 맺히기 시작하자 정말 누가 와서 손으로 까먹은 것처럼 꼬투리들이 까진 상태로 발견되었다. 처음에는 까치가 와서 그랬나 했지만 지금은 족제비 종류가 아니었을까 하는 의심을 해 본다. 결국 덜 익은 콩꼬투리 몇 개 딴 것 외에는 아무것도 남아 있는 게 없었다. 고구마 줄기 몇 개 묻었더니 나보다 더 열심히 고구마 이랑으로 출근하는 꿩과도 안면을 텄다. 어느 봄이던가. 푸른 보리밭에서 그림처럼 단란하게 놀고 있는 노루 가족을 본 적 있다. 평화롭고 아름다운 광경이었다. 푸른 융단처럼 깔린 보리가 노루의 등을 푹신하게 받쳐 주고 새끼 노루들은 마냥 신나서 이리 뒹굴 저리 뒹굴 천진난만 그 자체였다. 보리밭 안에 평평한 운동장이 생겼다. 빙그레 웃음이 맺히다 동시에 드는 탄식, 아, 저걸 어쩌나… 자식처럼 키운 보리가 하루아침에 못쓰게 된 걸 보는 농부의 마음이 고스란히 내게 전달되는 순간이었다.

생태계보존운동의 성과, 그 반대급부에 선 농부들의 현실이다. 어떤 이론을 갖다 대봐도 생태계 보존의 깃발 아래서 농부들의 입장을 대변해 주는 이는 없다. 온갖 오해의 눈초리 아래 야생동식물과의 싸움을 외롭게 하고 있는 농부들. 공존 공생의 해법은 없는 것인가.

버려진 그물망 쪼가리를 주워 와 해바라기를 감쌌다. 혹시 수확기를 놓쳐 자연적으로 떨어져 버리는 씨앗도 받고, 새들로부터의 방어막도 칠 겸 해서다. 사다리를 놓고 올라가 딴에는 정성을 들여 그물을 쳤으나 모양이 영 우습다. 그런 나를 보고 남편이 혀를 끌끌 찬다. 새들이 와서 좀 먹으면 어떠냐는 의미다. 그러나 하나 남은 해바라기를 지키기 위한 내 행동에 무리가 있다 해도 어쩔 수 없는 일이다. 이미 많은 해바라기 씨앗이 새들의 먹이가 되었고, 이제 이 해바라기는 유일하게 남은 내 올해 가을걷이의 전부이기 때문이다. 무거워질 대로 무거워진 머리를 더욱 깊숙하게 숙인 해바라기가 가을 하늘을 등지고 내 손길을 아무 말 없이 받아 내고 있었다.

쪽파
단상

허풍처럼 몸만 잔뜩 부풀리던 쪽파 이파리가
어설픈 소리 한 구절 내지 못하고
덤불 속으로 떨어졌다

　남들보다 일찍 찾아온 노안도 이쯤이면 거뜬히 이겨 낼 것 같다. 세상의 온갖 자극적인 것들에 의해 망가질 대로 망가진 시력이다. 그 시력이 제 빛깔을 분명히 하고 있는 쪽파를 바라보는 것만으로 충분히 회복된 듯하다. 모든 게 불분명하고 흐릿한 것들이지 않는가. 저렇게 제 색깔을 당당하게 드러낼 수 있는 것도 용기가 필요한 세상이 되어 버렸으니 말이다.

　검은 흙 위에 이제 막 싹을 올린 초록 이파리가 미끈하다. 선명한 초록빛은 내 머릿속 어지러운 생각들을 말끔하게 씻어 낸다. 찡그려 있던 눈자위가 편안하게 풀어진다. 자극 하나 없이 내 시력을 회복시키고, 머리를 맑게 만든 초록 이파리들은 미끈한 몸을 뻗어 하늘을 향하고 있다. 저를 바라보는 시선에 무심한 듯하면서도 최대한 우아하고 멋있게 포즈를 취한다. 당당하고 아름답다. 그 무엇에게도 꿀릴 것 없다는 저 배포가 부럽다. 나는, 어느 누구에게 온전히 나를 보여 준 적이 있던가.

이태째, 친구가 준 씨앗을 받아다 심은 쪽파다. 고구마를 심었던 자리에 흙을 고르고, 이랑을 돋워 하나씩 씨앗을 눌러 흙에 심었다. 특별히 거름을 할 것도 신경을 써야 할 것도 없이 파종은 끝났다. 뿌리를 내릴 땅, 그것으로 족했다. 새카만 한 뼘 땅이 내 텃밭 풍경의 전부가 되었다.

농부가 농산물을 나누어 주는 것은 월급쟁이가 제 월급을 떼어주는 것과 같다는 어느 시인의 말을 떠올린다. 친구는 늘 그렇게 제 월급을 떼어 나에게 주었다. 나는 그걸 고맙다는 말 한마디로 모든 의무를 다 했다는 듯 받아 썼다. 쪽파 심을 철이 되고 나서야 나는 왜 올해 심을 씨앗 하나 남기지 않고 쪽파를 다 먹어 버렸는지 뒤늦은 후회를 했다. 씨앗의 개념이 아직도 머릿속에 없었던 것이다. 영락없는 어리숙한 농부의 전형. 다시 우물우물 친구에게 쪽파 얘기를 했다. 두말없이 제가 남긴 씨앗을 덜어준다. 얇은 껍질에 싸인 쪽파 씨앗들이 오소록오소록 소리를 내며 내 손에 들어왔다. 따뜻한 체온이 남아 있었다. 두 번 다시 어리숙하게 굴지 않으리라.

이 동네에선 파나 마늘이 잘 되지 않는다. 토양 때문이라 했다. 어릴 때 기억으론 우리 집 파와 마늘은 늘 그 끝이 노랗게 말려 있다가 튼실한 알뿌리 하나 없이 텃밭에서 사라지곤 했다. 난 그게 우리 집이 가난하고 불행하다는 증거로 삼았다. 근거 없는 우울이 유년기 한쪽을 차지하고 있던 때였다.

놀거리가 없는 날, 쪽파 이파리는 온갖 노래를 다 연주할 수 있었던 피리였다. 제법 실해진 이파리 하나를 적당히 잘라 입에 대고 가만히 불면 아름다운 소리가 났다. 이파리 굵기에 따라 굵으면 굵은 소리, 가늘면 가는 소리가 났다. 자매가 많던 우리 집은 쪽파 이파리 하나씩 입에 물고 이해하지 못하는 음악을 자주 연주하곤 했다. 무조건 크기만 하면 좋은 줄 알았던 내 피리는 소리가 둔탁했고, 아직 공기를 조절하지 못했던 막내는 쪽파만 뭉그러뜨렸다. 무엇이든 날렵하고 맵씨 좋게 해내던 언니와 큰 동생의 피리에서는 항상 그럴 듯한 소리가 났다. 나는 언니의 피리를 졸랐고, 막내는 큰 동생의 피리를 졸랐다. 텃밭에 쪽파 이파리는 아직 많았다. 언니와 동생은 아낌없이 제 피리를 양보했었다. 그러는 우리들을 어머니는 아까운 먹거리를 쓸모없이 만든다며 야단을 하셨지만 각자 생각하는 대로, 각자 희망하는 대로 피리 소리는 멀리멀리 퍼져 갔다.

세상이 얼마나 광대한 것인지는 잘 몰랐지만 우리는 어렴풋이 알고 있었다. 우리도 언젠가 쪽파의 피리 소리처럼 쪽파 향 가득한 그 텃밭을 떠날 거라는 사실을. 제가 가진 운명만큼 먼 길을 돌아 어느 나무 아래 깃들기도 하고, 혹은 바람에 몸을 싣고 오랫동안 허공을 헤매기도 할 것이라는 사실을… 그러나 소리에도 뿌리가 있어서 하늘 맑고 나무 울창한 그때, 바람을 타고 우리들 곁에서 멀어져 갔던 피리 소리가 다시 이곳으로 돌아와 모든 것 다 내리고 제 몸 누일 거라는 것을, 우리는 알고 있었다.

가만히 이파리 하나를 떼어 입에 대 본다. 오랫동안 회색빛 도시에서 자극적인 것들에게 맞추어 살던 내 입술은 공기의 미세한 흔들림을 제대로 조절하지 못한다. 허풍처럼 몸만 잔뜩 부풀리던 쪽파 이파리가 어설픈 소리 한 구절 내지도 못하고 덤불 속으로 떨어졌다.

태풍이
지나고
난 뒤

끝까지 뿌리를 놓지 않았던 나무들은
이파리와 가지들을 죄다 바람에게 내주고 나서야
무사할 수 있었다

어둠은 공포를 더 짙게 했다. 깜박깜박 들어왔다 나갔다를 반복하는 전기와 그침 없이 몰아치는 유리창의 빗소리, 그 빗소리마저 다 훑고 가겠다는 듯 힘을 과시하던 바람. 실체를 확인하지 못하는 것들의 소리는 상상력을 발휘하며 공포를 가중시키고, 12층 아파트가 바람을 이기지 못하고 '흔들린다!' 느꼈을 때 공포는 극에 달했다. 세상이 끝나는 여러 영화의 장면을 생각하다 깜박 그 영화의 주인공이 되어 꿈속을 헤매고 있는데, 흔들흔들, 침대가 흔들리는 느낌에 눈을 뜨면, 새벽이 오려면 아직도 먼, 긴 밤.

공포의 밤이 지나고 난 아침 풍경은 처참했다. 도시의 가로수는 죄다 넘어가 길을 차단하고 있었고, 끝까지 뿌리를 놓지 않았던 나무들은 대신 이파리와 가지들을 죄다 바람에게 떼 주고 나서야 무사할 수 있었다. 아슬아슬하게 걸려 있는 신호등과 간판들이 어젯밤 그 공포의 실체를 보여 주고 있었다. 도시가 이렇다면 과수원은 어떻게 되었을까. 이제 막 익어 가기 시작하는 귤을 품고 비닐하우스는 바람과 비의 밤을 무사히 건넜을까. 마음이 조급해졌다.

하우스 한쪽 비닐이 길게 내려와 있다. 고정 핀 하나가 풀렸던 것인가. 하우스 이쪽 끝에서 저쪽 끝까지 여유로운 실루엣을 그리며 늘어져 있다. 간밤의 그 혹독한 바람을 생각한다면 그나마 곱다고도 할 수 있을 비닐의 상태다. 찢기거나 떨어져 나가지도 않았으니 말이다. 벽이 헐린 하우스 안 귤나무들이 빼꼼히 고개를 내밀어 바깥세상을 내다보고 있다. 우린 무사해요. 걱정하지 마세요. 다행히 귤나무들은 안전했다. 가지 하나 부러짐 없이 그 비바람에도 잘 버티어 낸 것이다. 이만하길 정말 다행이다.

그러나 이웃 과수원 삼나무 방풍림이 많이 꺾여졌다. 끝을 가늠할 수 없을 정도로 높이 자랐던 나무가 힘없이 몸을 누이고 있었다. 기어이 남의 몸을 갈라 길을 내었던 바람의 잔인성이 삐죽삐죽 부러진 나무 밑둥치에 남아 있었다. 마지막 비명처럼 쓰러진 나무의 껍질 한쪽이 길게 뿌리 쪽까지 갈라져 있었다. 싸움에 진 것들은 모두 이렇게 처참한 모습일 터, 나뭇가지들이 성한 게 없었다. 이파리들이 죄 뜯겨 나갈 때까지 쓰러지지 않기 위해 얼마나 처절하게 안간힘을 쏟았을까. 어둡고 외로운 싸움의 끝자락에서 마지막 힘을 놓친 나무의 마음을 헤아려 본다. 무서웠을까. 외로웠을까.

나무는 제가 키우던 귤나무 정수리 위를 피하지 못하고 쓰러졌다. 바람을 막아 주던 몸이 오히려 결정적으로 귤나무를 위험에 빠지게 한 것이다. 속수무책 쓰러진 나무에 깔려 망가진 귤나무. '방풍림도 꼭 열매 잘 달린 나무 위에만 쓰러진다.' 이웃 과수원 주인 아주머니의 푸념이다. 수확을 앞둔 귤이 하루아침에 망가지는 것에 대한 안타까움이 먼저이겠지만, 쓰러진 방풍림에 대한 안타까움도 충분히 감지되는 말이었다. 누군들 그렇게 쓰러지고 싶겠는가. 3, 40년 살뜰하게 바람을 막아 주던 나무들이었다.

멀리 기계톱 소리가 끊이지 않고 들려온다. 쓰러진 나무를 잘라 내 정리하고 있는 소리다. 삼나무 몇 개 쓰러진 것에 나약한 마음을 두지는 않는다. 쓰러지고 다시 일어서는 건 자연의 일부일 뿐, 내가 아는 한 농부들은 자연의 일부다. 태풍에 입은 상처가 아무리 깊더라도 그 상처를 치료하기 위해 오늘 사람들은 톱을 들고 밭으로 나온 것이다. 믿을 수 있는 건 우리 자신뿐임을 잘 알기 때문이다. 태풍이 지나간 하늘은 맑고 아름다웠다. 잡념의 먼지들을 모두 쓸어 갔기 때문이리라.

팽나무와 넝쿨,
그 애증의
관계

내 손아귀의 욕심으로 목이 졸렸을
부모님의 호흡곤란을
이제 조금 알 나이

한여름을 잘 보낸 것들이 떠날 채비를 한다. 떠난다는 사실에 대한 슬픔과 그 슬픔의 반쪽을 차지하고 있는 설렘이 갈피를 잡지 못하는가. 울긋불긋하다. 이별과 변화에 대해 성장의 예를 갖추는 것인가. 각자가 가진 최상의 색감으로 몸을 단장하기 시작한 들판이 소리 없는 아우성 속에 빠져 있다. 이제 곧 잠시 머물렀던 시간에 대한 감사의 일별도 없이 그들은 떠날 것이다. 그 떠남에 아무런 미련이 없다. 훨훨, 영혼이 바람에 섞이듯, 바람이 영혼에 섞이듯 무념무상의 시간 속에 안착하여 영원히 이 세상을 굽어볼 것인가.

무둥이왓 한쪽에 팽나무 하나가 서 있다. 녹록치 않은 시간을 거치고 그 자리에 섰다는 건 외모에서 알 수 있다. 잃어버린 마을 무둥이왓의 정자목으로 쓰였을까. 세월의 굴곡마다 박혔음직한 옹이들이 둥치에서부터 위로 올라가는 곳곳 자리를 차지하고 있다. 그 모습을 보기만 해도 아픔이 느껴진다. 옹이가 만들어 내는 소용돌이와 그 밝음과 어둠이, 나무의 모습을 기괴하게 만든다. 매끈한 것들에게 익숙해져 버린 사고가 그 불규칙함을 받아들이지 못하는 것이다. 그러나 다시 보면 그 모습은 곧 인생의 참모습을 깨달아 버린, 그래서 이 세상 아무것도 무서울 게 없다는 달관한 표정의 할머니 할아버지 같은 중후하고 인자한 모습으로 바뀐다. 질풍노도의 사춘기를 건너고 있는 손자 손녀의 반항을 묵묵히 바라보는 눈빛과도 같은.

　나무에 넝쿨이 달라붙어 같이 자라고 있다. 청년의 힘줄처럼 몸 전체를 휘감고 올라간 넝쿨은 마치 저도 나무의 일부인 양 당당하다. 나무로서 하늘을 향해 설 수 있고, 나무로서 양분을 섭취하고, 나무로서 하루의 생명을 이어 가면서도 정작 자신이 그 나무의 목을 조르고 있다는 사실은 감지하지 못하는 듯. 제가 디디고 서 있는 세상이 아름다운 건 누군가의 목이 졸리는 시간의 계단이 있었기에 가능하다는 사실을 알지 못하는 듯, 계절의 변화에 온몸의 촉수를 집중시키고 누구보다 먼저 성장을 마치고 미련 없이 다음 계절을 준비하고 있는 것이다.

　그런 넝쿨을 등에 지고 하늘 한번 제대로 쳐다보지 못하는 나무의 굽은 등이 애처롭다. 고르지 못한 치아처럼 가지의 이파리들이 초록의 여름옷 그대로 떨어지고 있다. 자신의 몸 단장보다 넝쿨의 촉수를 받아 내기에 급급하다. 자식과 부모의 관계가 저러

할 지니, 내가 타고 올랐던 부모의 등을 생각한다. 내 손아귀의 욕심으로 목이 졸렸던 그분들의 호흡곤란을 이제 조금 알 것 같기도 한 나이. 아직 기세를 다 꺾지 않은 햇살 한 자락이 자꾸 팽나무의 밑둥치를 어루만지고 있다.

불꽃을 품고 와
여름을
불태우다

농부와 학생의 이중생활

불꽃을 품었다 해서 혼자 탈 수는 없는 것, 2016년 그 무더웠던 7월과 8월을 멋지게 불살라 버린 열여덟 명 아줌마들의 이야기를 할까 한다.

최고참 61세, 막내 27세, 30년의 시간차를 두고 태어난 사람들끼리 한방에 모여 공부를 했다. 하루에 다섯 시간씩 주 5일. 농수축산물 홈페이지 제작 과정을 듣기 위해 제주시는 물론, 서귀포시, 표선 등지에서 농사를 짓는 여성들이 참여를 했다. 평소 카카오톡이나 밴드 정도 쓰고 볼 수 있으면 족하던 사람들이 인터넷의 바다에 들어가 부서지고 빠지고 숨이 막히는 두 달간의 훈련이었다.

우연히 접한 강의 전단지를 보고 홈페이지를 스스로 제작할 수 있다면 매해마다 되풀이되는 한라봉 판매난에 도움이 될 수 있겠다 싶어 덜컥 신청을 했다. 홈페이지 제작만이 아니라 마케팅 기술까지 교육을 한다 하니 농사를 시작한 지 얼마 되지 않는 새내기 농부인 내게는 안성맞춤 교육이었던 것이다. 더구나 교육비도 공짜. 돈 내면서라도 받아야 할 판인데 이런 기회가 다시없다 싶었다.

신청서를 내고, 사진을 첨부하기 위해 오래전에 찍어 두었던 반명함판 사진을 들고 다시 센터 사무실을 찾으면서 이렇게까지 했는데 교육 대상자에서 탈락하면 어쩌나 하는 걱정이 앞섰지만 다른 한편으로는 교육 대상자로 선정이 되어도 문제겠다 싶었다. 강의 시간이 너무 많았고, 그 기간도 길었기 때문이었다.

7월과 8월 두 달간, 비닐하우스에서 자라는 한라봉은 농부의 손을 제일 많이 필요로 하는 시간이었다. 꽃을 솎아 주고, 열매를 따 주고, 그리고 나서 열매 하나하나를 끈으로 다 묶어야 했다. 일손 구하기가 하늘에 별따기인 요즘, 그래서 애당초 남의 손 빌리지 않고 내 손으로만 하고 있는 일인데, 두 달 동안 강의에 묶여 있으면 농사는 포기하는 것이나 다름없던 것이다. 양손에 달콤한 떡을 쥐고 어느 것 하나 포기할 수 없어 고심하는 사이 드디어 교육은 시작되었다.

각자 컴퓨터 한 대씩을 차지하고 앉은 교실은 너무 더웠다. 에어컨이 켜져 있기는 했지만, 컴퓨터가 내뿜는 열기와 그에 못지않은 사람들의 열기. 더구나 컴퓨터를 처음 만져 보는 사람들도 있었는데, 그런 사람들을 그 광활한 인터넷의 세계에 빠뜨려 놓았으니 그들의 내는 불안과 불만과 비명에 가까운 한숨은 교실의 온도를 2도쯤 더 올려놓고도 남았다. 거기다 하루 중 가장 더운 오후 한 시 반부터 다섯 시 반까지.

쉬는 시간이 주어져도 누구 하나 의자에서 일어날 수 없었다. 모두들 컴퓨터 모니터에 시선을 고정시키고 낯선 컴퓨터 용어와 인터넷 용어를 받아 적어 가면서 인터넷 가입을 하고 홈페이지를 제작하는 데 몰두해 있었다.

평소 개인 블로그를 운용하고 있어 얼추 인터넷과 친하다고 자부해 온 나도 어렵기는 마찬가지였다. 링크를 걸고, 포토그래픽으로 사진을 수정하고, 캘리그래피로 쓰여진 블로그 이름을 가져다 서명을 만들어 내고, 동영상 제작에 편집까지, 쉴 새 없이 쏟아지는 강사님의 설명을 놓치지 않기 위해서는 내 옆자리에 누가 와 앉아 있는지조차 신경 쓸 여력이 없었다. 다섯 시간 가까이 모니터에 집중된 눈을 들어 수업을 마치고 집으로 돌아오는 길에는 뻑뻑해진 눈의 피로 때문에 운전이 힘들 지경이었다. 더구나 오전에 하우스 일을 하면서 흘린 땀이 들어가 그렇지 않아도 상태가 좋지 않은 눈이었다.

농사일과 수업이 겹치는 것을 해결하기 위해 새벽 다섯 시에 일어나 열두 시까지 한라봉 묶는 일을 하고 나서 수업에 참여하고 있었다. 그렇게 하면 집에서 밭까지 오가는 시간 두 시간을 제외하면 꼬박 다섯 시간을 일할 수 있었다. 어차피 한여름에는 비닐하우스에서 일할 수 있는 시간이 아침 시간과 저녁 시간이고 보면 여섯 시부터 열한 시까지만 부지런히 일해도 다른 사람들 하루 일하는 시간과 비슷한 양이 되었다.

평소 새벽 다섯 시에 일어나 움직인다는 것은 나에게 거의 불가능한 일이었다. 잠도 많고, 천성이 게으른 탓이었다. 그러나 하면 그만이었다. 다른 이유 대지 않고 알람을 맞추고 그 알람 소리에 일어나 주섬주섬 챙겨 집을 나서면 어둑한 하늘이 점점 밝아지면서 동쪽 하늘에 해가 솟았다. 로마의 네로 황제가 도시를 불태우듯, 붉게 물든 하늘의 정점에 머리를 내민 아침 태양은 그날 하루를 다 살고도 남을 에너지를 전해 주었다. 제주시에서 표선까지 이어진 번영로는 늘 그렇게 아침 태양이 나를 맞이하고 있는 길이었다. 나도 그의 마중을 반갑게 받들기 위해 시간을 놓치지 않았다.

닦아 낼 틈도 주지 않고 땀은 흘러내렸다. 내 몸의 모든 땀구멍을 최대한 크게 열고 쏟아져 나온 땀은 피부 외에 모든 스며들수 있는 것들에게 스며들어 갔다가 다시 넘치고 있었다. 나는 땀이 온몸을 농락하도록 내버려 두고 한라봉을 묶어 내는데 몰두했다. 내 몸의 상태를 철저하게 타자화시켜 내면 더위와 땀에서 조금은 자유로울 수 있었다. 그리고 귤나무에 집중했다. 조금씩 조금씩 초록색 밀감나무에 하얀색 끈이 빗금처럼 쳐져 가는 걸 보며 혼자 흐뭇해했다. 강의 시간이 기다려지고 아침 다섯 시 번영로에서 만나는 태양이 기다려졌다.

후에 안 일이지만 그렇게 오전에 일하고 오후에 강의를 듣는 사람들은 나만이 아니었다. 강의를 받는 사람들 중 몇 명이 한라봉을 비롯해서 여름에 손이 많이 가는 감귤 농사를 짓고 있었는데, 그들 모두 나처럼 오전에 일을 하고 온다는 것이었다. 어떤 경우에서건 농부가 농사일을 멈출 수 없는 것이고, 학생이 수업을 빼먹으면 안 되는 것을 당연하게 여기는, 부지런이 몸에 밴 사람들이었다.

머리를 쥐어뜯을 정도로 답답하던 강의 시간도 시간이 갈수록 뭔가 보이기 시작했다. 홈페이지에 블로그를 링크하고, 폴라와 페이스북, 인스타그램에 가입하고, 하루에 하나씩 포스팅을 하고 나면 그에 반응하는 독자들에게 답변을 해 주는 소통이 반갑게 이루어졌다. 그 SNS를 통해 다시 만나는 내 옆자리 동료. 그가 쓴 안부의 글은 유난히 감격스러웠다.

가끔 자신이 가꾼 블루베리를 가지고 와 쉬는 시간에 풀어놓는 동료가 있는가 하면, 6차 산업을 꿈꾸며 만든 한라봉 발효액으로 시원한 음료를 준비해 주는 동료도 있었다. 날마다 간식거리를 챙기는 반장과, 유독 컴퓨터를 힘들어하는 나이든 동료에게 귀가 시간까지 늦춰 가며 모니터를 봐주던 나이 어린 동료도 있었다. 뉴스에서는 연일 최고 기록을 경신하는 더위를 타전하고, 수업 중 갑자기 재난문자가 떠 확인해 보면 여지없이 폭염경보가 세상을 달구고 있었다. 그러나 그 더위보다 더 높은 열정이 우리를 지배하고 있었다. 이 더위가 끝나면 바람 선선하고 맑은 가을이 올 것이고, 우린 그 맑은 하늘을 마음껏 누릴 수 있을 것이라고.

두 달간의 시간은 끝났다. 목표를 세우고, 거기에 모든 걸 걸고 집중해 있는 사이 어느새 우리는 끝점에 와 있었던 것이다. 농부와 학생의 이중생활도 끝이 났다. 사상 최대의 맹위를 떨치던 더위도 한풀 꺾인 지점이었다. 헤어지면서 다시 보자는 약속을 하지는 않았다. 그러나 같은 공간에서 고스란히 여름을 불태웠던 그 시간만큼은 영원히 기억될 것임을 알기에 슬프지 않았다. 센터에서 기념으로 나눠 준 화분 하나씩 가슴에 안고 돌아서는 뒷모습이 모두 환했다. 그들보다 먼저 여름이 가고 있었다.

제대로
익고 싶다

어느 한순간 허투루 살다가는
절대 향기 달콤한 과일로
익을 수 없다

진초록이던 한라봉 표정에서 변화가 감지되었다. 무지막지하게 내리치던 햇살을 받아 내기 위해 극에 달했던 진초록이 약간 풀어진 것이다.

8월의 하우스 안에서는 햇살과 나무의 한판 싸움이 날마다 치열하게 이어졌었다. 그들은 서로에게 자기가 가진 모든 에너지들을 동원해 싸웠다. 8월의 절대 권력인 태양을 상대하기 위해 나무는 진초록이 검게 변할 정도로 모든 에너지를 내뿜었고, 태양도 쉴 새 없이 열기를 내리 쏘았다. 그 틈바구니에 끼어 이 눈치 저 눈치 봐야 하는 나도 숨이 막힐 지경이었다. 그러나 깨지고 부서지고 무너지는 인간의 싸움과 달리 그들 싸움의 결과는 성장이었다. 누가 먼저 휴전을 제안했는지는 모르지만 그렇게 한바탕 싸움을 치르고 난 여름의 뒤끝, 나무는 한 뼘 이상씩 새순을 올렸고,

열매는 속에서부터 익어 가고 있었던 것이다. 뜻밖의 사실을 확인한 농부의 놀람에 태양은 뒷짐을 지고 멀찍이 물러서서 나는 모르는 일이오, 딴전을 핀다.

진초록 이파리와 별반 구분이 되지 않던 한라봉이 이제 선명하게 구분이 된다. 진초록 바탕에 살짝 노란 물감을 덧칠한 느낌이다. 살랑, 가을바람 몇 가닥에 초록의 결기들은 어깨를 풀었고, 바람처럼, 여유처럼, 그 풀어진 여백을 채우는 노란색이다. 하루에 한 번씩 물감을 덧칠하는 것처럼 한라봉은 노랗게 변해 갈 것이다. 가을바람은 더 세어져 겨울의 문턱을 넘어설 것이고, 하우스 바깥에는 흰 눈이 내릴 것이다. 세상이 추위와 한판 전쟁을 치르는 동안 한라봉은 그 달콤하고 풍부한 과즙을 담고 우리들 앞에 서 있을 것이다.

모든 열매들이 이렇게 정해진 대로만 익어 가는 것은 아니다. 어떤 것은 유독 빨리 익는다 싶어 살펴보면 나방에 쏘였는지, 일사병에 걸려서 그랬는지 나무에서 툭 떨어져 버린다. 상처를 입고 목숨을 놓아 버리는 것이다. 목표에 도달하기 위해 정도를 버리고 지름길을 택한 것들의 운명이라고나 할까. 아니다. 지름길을 택한 건 그들의 의지가 아니었을 것. 그들도 인생의 어느 한 지점에서 그렇게 떨어져 나가기를 원하지는 않았을 테니까 말이다.

가끔 온몸에 곰팡이를 잔뜩 피우고 나무에 매달린 채 말라 가는 것도 있다. 병해충 방제약을 제때에 치지 않은 탓이란다. 다 키운 자식을 잃어버리는 듯한 느낌이다. 얼마나 많은 경우의 수 중에 하나로 선택되었던 열매인가. 수많은 꽃들 중 하나, 수많은 열매 중 하나가 되어 당당하게 상품이 되어야 할 것들이었다. 어느 한순간이라도 허투루 살다가는 절대 향기 달콤한 과일로 익을 수 없다는 자연의 지엄한 심판이다.

게으름의 미학이라는 포장지에 싸서 글 한 줄 읽지 않고 흘려버린 나의 시간과, 독립성이라는 이름표 아래 방치했던 아이들의 시간이 갑자기 덩어리째 굴러온다. 내 삶의 곳곳에 구멍 숭숭한 모습으로 포진해 있는, 허투루 살고 있는 시간들. 이러다 어느 순간 툭, 떨어져 내리면 어쩌지? 구멍이 보이는 순간마다 그 구멍을 메꾸기 위해 조급하게 몸을 움직인 시간들도 더 큰 구멍이 되어 그대로 남았다. 여름을 치열하게 보낸 열매들의 저 느긋한 표정을 내 얼굴에서 바라는 것은 너무 큰 욕심인가. 아, 나도 제대로 익어 가고 싶다.

무등이왓
자화상

남겨진 사람들의
질기고도 서러운 자화상

　이파리 다 떨어진 줄기에 덜 익은 개똥참외 여섯 개 매달려 있다. 엄마 없이 자라는 아이들 같다. 여물기도 전에 품에서 떨어져 나온 것들의 행색은 초라하다. 버즘과 생채기 가득한 얼굴. 살아온 날들이 녹록치 않았음과 살아갈 날들 또한 쉽지 않음을 짐작하게 한다.

　햇볕과 바람에 한들거리던 이파리의 푸르름이 한순간에 사라져 버렸다. 때이른 서리에 겨우 붙잡은 생명의 끈 하나, 남은 목숨을 보장하기엔 턱없이 가늘다. 서리의 뒤끝, 축축한 땅 위에 누워 닥쳐올 겨울을 예상하는 참외의 안색이 퍼렇게 질려 있다.

　개똥참외들이 하나의 핏줄이었음을 증명해 주는 건 줄기 하나가 전부다. 아버지의 아버지 또 그 아버지들이 내려준 하늘과 땅, 비와 바람의 유전자들이 긴 시간을 두고 미래로 흐르는 터널. 영원히 흘러가야 할 길. 사명감을 감당하기에 힘에 부치는 듯 줄기는 덤불 속 혼돈 속으로 사라진다. 뿌리도 방향도 알지 못하는 혼돈의 시간 속에서 저 개똥참외 운명을 생각한다. 한겨울의 틈새에 끼인 햇살 자락을 끌어모아 기어이 봄의 씨앗 하나 마련할 수 있을 것인가. 아니면, 잔설의 눈물 속으로 흔적 없이 사라져 버릴 것인가.

49년 그해 겨울, 무등이왓에 불어닥친 한파를 생각한다. 하루 아침에 사라져 버린 마을의 평화. 뿌리가 뽑히고, 방향을 잃어버린 사람들은 저렇게 세상 밖으로 내쳐지고… 갈 곳도, 머물 곳도 없이 새파랗게 질려 있던 눈동자 몇, 끝내 어느 돌담 아래에서 스러져 갔을 것이다.

역사의 줄기를 자르던 그 무지막지한 칼날, 그 칼날에 나뒹굴던 시간들을 생각한다. 큰넓궤 그 암흑 안에 박쥐처럼 매달려 있으면 살아서 나갈 수 있을까. 이유 없는 죽음의 총구를 피해 영실까지 오르면 거기, 눈발도 쫓아오지 못하는 안도의 숨 한 자락 내쉴 수 있을까, 눈발 사이로 살길 찾아 헤매다, 정방폭포 그 어귀 일렬횡대로 늘어서서 차례차례 쓰러지던 아버지, 어머니, 삼촌, 삼촌들….

잘려나간 줄기의 끝, 수습되지 않은 암흑의 시간을 살아 낸 사람들을 생각한다. 시신 대신 역사의 상처를 봉분 안에 묻고 수십 번, 수천 번 씻김굿을 하였던, 사람들을 생각한다. 다시 그 자리,

아직 담담하게 설 수 없어 사람 대신 수릿대가, 양배추와 감자가 먼저 그날의 상처를 치유하고 있지만, 대지 깊숙이 묻혀 있던 우리들의 유전자를 찾아내어 기어이 오늘에 닿은 목숨들을 생각한다. 기억으로만 존재하는 무등이왓 마을 어귀, 개똥참외 앞에서 남겨진 사람들의 질기고도 서러운 자화상을 본다.

옛 이름과
새로운 이름
사이

농작물 하나 키워 내지 못하는 밭의 굴욕을
어느 누가 헤아려 줄 것인가

귤나무 두어 그루 완전히 말라 죽어 있다. 표정을 잃은 채 굳어 있는 가지들은 웬만한 바람에도 흔들리지 않는다. 이승의 개념에서 벗어난 것들이다. 작년에 내렸던 폭설 당시 몸에 얼음이 박혔던 나무들. 하루 만에 몸에 박힌 얼음은 풀어졌지만 그 후유증은 결국 나무의 생명을 앗아가 버렸다. 혹시 모른다. 주인의 살뜰한 보살핌이 있었다면 앙상하게 가지만 남은 모습으로 서 있지 않았을지도 말이다. 동사된 나뭇가지를 잘라 내고, 두둑히 짚을 깔아 수분 증발을 막아 주고, 소거름이라도 듬뿍 뿌려 주고 나면 세심하게 와 닿는 농부의 손길 끝에 두꺼운 표피를 뚫으며 새순 두어 개 내밀지는 않았을까.

그늘을 만들지 못하는 나무는 잡초에게 그저 좋은 사다리에 지나지 않는다. 죽은 나뭇가지를 붙잡고 올라타고, 휘감고, 끝내

나뭇가지 꼭대기 위에서 기세등등하게 하늘을 넘보는 잡초들. 바랭이는 말할 것도 없고, 강아지풀, 여뀌, 이름도 모르는 넝쿨들이 아귀처럼 달라붙어 있다. 잡초들은 죽은 나무 근처에만 무성한 게 아니라 살아 있는 나무 아래서도 기세를 죽이지 않고 있다. 일 년 동안 그 누구의 방해도 받지 않고 제 마음대로 자란 잡초들이다. 어디서든 발 붙일 곳만 있다면 뿌리를 내리는 잡초들. 갖가지 영양분이 풍부한 과수원은 이들에게 얼마나 살기 좋은 공간이었던가.

전정을 하지 않은 귤나무들은 가지와 가지 사이 바람 한 점 드나들 틈 없다. 함부로 자란 머리카락처럼 무성한 나뭇가지 사이로 며칠째 세수를 하지 못한 아이들 얼굴 같은 열매들이 매달려 있다. 얼기설기 그어진 상처들과 주근깨 많은 얼굴이다. 아무도 돌봐 주는 이 없었다는 증거다.

팔린 과수원은 아무도 돌보지 않았다. 올봄, 비바람을 막아 주던 비닐하우스가 해체되고, 그 안에서 곱게 자라던 나무가 한순간에 밖으로 내쳐졌다. 시시때때로 병충해를 방제하고 가지 하나하나를 골라 볕과 바람이 잘 통하도록 가지를 잘라 주며, 어느 것 하나 부족함이 없도록 영양을 공급받던 나무들이다. 가뜩이나 부족한 영양분은 잡초들이 먼저 차지해 버렸고, 올가미처럼 넝쿨들이 나뭇가지의 우듬지를 타고 올랐다. 새순마다 달라붙은 진딧물과 각종 병해충에 온전한 이파리가 없을 지경이다. 비와 바람과 땡볕이 사시사철 나무들을 힘들게 했다. 그럼에도 나무들은 새순을 올리고, 꽃을 피우고, 열매를 맺었다. 가을바람이 불면서 노 릇노릇 색깔을 내며 제 몸속에 달콤한 과즙을 준비하고, 타고 난 유전자의 기억대로 제 할 일을 잊지 않고 수행해 내고 있는 것이 다. 그 모습이 대견하면서도 가엾다.

치솟는 땅값만큼이나 밭은 빠르게 팔렸고, 자고 나면 그 밭 한 가운데 건물들이 솟아나고 있지만, 가끔 이렇게 방치된 채로 잡 초에게 농락당하는 땅이 있다. 멀쩡한 밭이나 과수원을 하루아침 에 갈아엎어 건물을 짓는 모습도 적응이 안 되지만, 오랫동안 방 치되어 있는 과수원이나 밭도 결코 유쾌한 풍경은 아니다. 과수 원에서 자란 열매가 더 이상 열매로 인정받지 못한다는 것, 농작 물 하나 제대로 키워 내지 못하는 밭의 굴욕을 어느 누가 헤아려 줄 것인가.

주어진 이름에 맞게 제 역할을 해내지 못하거나, 제 이름과 상관 없는 다른 일을 해야 하는 것, 그 모두가 서로에게 불행한 일이 아 닐 수 없다. 기존의 이름과 새로운 이름 사이에서 방치되고 버림받 아야 하는, 팔려 버린 과수원 귤나무의 처지가 쓸쓸하기만 하다.

샘은 내 가슴의 밑바닥을 흐르고

'노단새미' 와 '거슨새미'
내 유년의 기억을 가로지르며 흐르고

"여보세요. 농부님, 저기 저 샘물을 떠다 나무 아래 좀 숨겨 주세요."

밭을 가는 농부에게 다가와 다급한 목소리로 애원하는 처녀.

"그러지요. 어려운 것도 아닌데."

심드렁하게 말을 받은 농부, 마침 점심을 먹고 난 빈 그릇에 물을 떠온 농부는 나무 아래 놓아 둔 소질메 속으로 물그릇을 숨겼다. 그리고 아무 일 없다는 듯 밭을 갈았다. 그런 농부 등 뒤에서 홀연히 물그릇 속으로 사라지는 처녀. 그리고 잠시 후, 행색이 남다른 사내가 나타나 주변에서 무언가를 찾아 이리저리 헤매다 스스로 찾기를 포기했는지 농부에게 다가와 물었다.

"저 농부님, 여기 이 근처에 헹기물이라는 데가 어디요?"

"헹기물? 여기서 나고 자랐는데, 아직까지 그런 이름 들어 본 적이 없소. 딴 데 가서 알아 보오."

중국 황제의 명을 받아 제주도의 산혈과 물혈을 끊으러 들어온 고종달이 유일하게 끊지 못하고 돌아간 곳. 내 고향 서귀포시 표선면 토산, '노단새미' 와 '거슨새미' 에 얽힌 전설의 한 토막이다. 그가 가지고 왔던 지도에는 이미 이 샘을 지키는 신이 고종달을 피해 헹기물 속에 숨을 것이라는 사실까지 미리 알고 표시가 되어 있었던 것이다. 그러나 그걸 알 리 없는 고종달과 농부였기에 이 두 개의 샘은 아직까지 그 맥이 끊기지 않고 솟아날 수 있었다. 토산봉 기슭을 가운데 두고 샘은 두 곳에서 솟았다. 한라산 쪽으로 거슬러 오른다 하여 거슨새미, 오른쪽으로 돌아 흐른다 하여 노단새미라는 이름이 붙었다.

마을과 가까운 곳에 있는 거슨새미에서 사람들은 물을 길었다. 아직 동이 트지 않은 새벽, 물동이를 지고 집을 나서면 길가의 나무들이 우뚝우뚝 검은 그림자로 다가왔다. 은밀하게 다가오던 도깨비 이야기며, 꼬리 아홉 달린 여우 이야기들이 불쑥불쑥 그 검은 그림자 뒤에서 나타날 것만 같았다. 같이 걷는 엄마의 치맛자락을 움켜쥐고 걷다 얼핏 고개를 들면, 나무의 우듬지와 우듬지 사이 별빛 가득히 깔린 길이 우리를 안내하고 있었다. 어둠 속에 또 다른 어둠이 공포로 다가오던 지상의 길과는 달리 하늘에 난 길은 아름다웠다. 졸린 듯, 말을 거는 듯 깜빡이고 있는 별빛을 보며 걷다 보면 길은 어느덧 샘 앞에 닿아 있었다.

거슨새미 샘터 앞에 일렬로 나란히 서서 차례를 기다리는 물동이들. 사람들은 자기 차례가 올 동안 끼리끼리 모여 앉아 이야기들을 나누었다. 아이들 이야기와 농사 이야기, 날씨 이야기, 동네 대소사가 다 여기서 퍼졌다. 한쪽에서 조용조용 머리를 숙이고 있으면 다른 쪽에서 와자한 웃음소리가 물방울 소리처럼 퍼졌다. 우악스럽고 팍팍한 말투 속에서도 오늘 아침 물을 뜨러 오지 않은 얼굴에 대해 안부를 걱정하는 말들이 오고갔다.

다섯 살짜리 계집애가 종알거리듯 물은 쉴 새 없이 흘러나왔다. 맑고 투명했다. 풀잎에 맺혀 있다 문득문득 떨어지는 한 방울 물까지 웅덩이에 고였다. 가만히 바가지를 들어 물을 뜨면 바닥에 가라앉아 있다가 미처 담기지 못한 잔 나뭇가지와 이파리들이 황급히 몸을 일으켜 따라오다 제 풀에 다시 주저앉았다. 맑은 물이 바가지 안에서 찰랑거렸다. 사람들은 조심스럽게 그 물을 물동이에 담았다. 한 방울도 흘리지 마라. 흘린 물을 다시 주워 담을 수 없는 일이나… 누군가 조용조용 타이르는 말이었다.

그럼에도 흐른 물은 다시 흘러 길 아래 빨래터로 모였다. 널따란 웅덩이를 파고 둘레에 넓적한 바위 몇 개 얹어 놓았다. 무심하게 만들어진 곳이었지만 물은 그 웅덩이에서 한참을 머물다 갔다. 머무는 동안 바위와 바위 사이, 혹은 그 주변에 창포와 미나리들을 키우고, 마을의 모든 빨래거리를 깨끗하게 빨아 냈다. 그 한켠은 마소들의 차지가 되었다.

빨래는 아이들 몫이었다. 어른들이 밭에서 일을 하는 동안, 학교 갔다 돌아온 아이들이 집안일을 도맡다시피 하던 시절이었다. 아이들에게 빨래는 일거리이면서 놀잇감이었다. 친구들과 빨래터에서 만나기로 약속을 하고, 집안 여기저기 널려 있는 옷가지들을 챙겨 빨래터에 닿으면, 먼저 온 아이들이 좋은 자리를 차지해 옷가지들을 적시고 있었다. 넓적한 바위에 물길이 좋은 곳이 제일 좋은 자리였다. 웅덩이 구석 쪽에는 온갖 나뭇가지며 부유물들이 떠 있었다. 가끔 물뱀이 헤엄을 치다 사람들 눈에 띄어 서로 기겁을 하기도 하고, 누군가 버리고 간 헌옷들이 썩어 가는 나뭇가지에 걸려 있기도 했다. 목마른 마소가 와서 물을 마시는 것 외에는 아무도 그쪽으로는 가지 않으려 했다.

작은 아이들은 작은 옷들을 빨고, 큰 아이들은 아버지, 어머니의 큰 옷가지들을 빨았다. 열심히 비누칠을 하고, 방망이질을 해도 때는 쉽게 빠지지 않았다. 오히려 방망이질에 옷감이 상해 바지에 구멍을 내곤 했다. 무릎과 팔꿈치에 다른 천을 덧댄 옷들이 흔했다. 남루한 생활이 고스란히 드러나는 옷들은 주변 나뭇가지, 돌담, 바위에 등을 대고 몸을 말렸다. 빨래가 마르는 동안 아이들은 고무줄놀이나 방치기, 공기놀이를 하며 놀았다.

평야처럼 넓다 하여 이름 붙여진 '넌밭'에서 소의 울음과 농부의 목소리가 아련하게 들려오고, 가끔 동네 어른들이 마소의 물을 먹이러 오거나 지나갔다. 이름 모를 산새들의 울음소리도 풍경으로 고스란히 그려질 것 같은 오후, 가끔 푸드덕거리며 꿩이 날았다.

한여름 해가 설핏 기울 때쯤이면 바짝 말라서 보송보송해진 옷가지들을 걷어 집으로 돌아왔다. 마른 흙길이 아이들 발 아래서 풀썩풀썩 일어났다.

겨울이 되어 물이 차가워지면 산자락 너머에 있는 노단새미로 사람들은 모였다. 여기는 여름에 물이 차갑고, 겨울에는 따뜻한 물이 솟았다. 물은 항상 일정한 온도를 유지하고 있었는데, 바깥 공기에 따라 사람들이 느끼는 체감의 차이였으리라. 산자락 절벽 아래 고개를 숙인 것처럼 지형을 다듬어 사람들은 땅속으로 흐르던 물길을 밖으로 꺼내 놓았다. 물이 흐르는 길을 따라 단을 높이고, 그 단 위에 빗살무늬 토기와 같은 웅덩이를 몇 개 파 놓았다. 산속에서 나온 물은 차례로 그 웅덩이를 채우며 지나갔다. 웅덩이를 다 채우고도 남는 물은 웅덩이에서 넘친 물과 함께 아래의 빨래터를 채웠다. 작은 새들이 속살거리는 것처럼 아름다운 물소리가 쉬지 않고 들렸다.

노단새미에서는 어른들이 주로 빨래를 했다. 마을에서 멀기 때문이었다. 그리고 여기까지 빨래를 하러 오는 경우는 손이 시린 한겨울이었다. 한겨울에 사람들은 맨손으로 빨래를 했다. 밖에는 함박눈이 펑펑 쏟아지는데, 빨래터 안에는 하얀 김이 모락모락 피어났다. 방망이 소리에 동네 어른들의 이야기 소리에 웃음소리가 왁자와자 이어졌다. 신선들만 산다는 곳이 여길까. 빨래를 마치고 집에 가면 한 백 년쯤 시간이 흘러 아무도 우리를 알아보지 못할지도 모른다는 상상을 하기도 했다. 고종달을 피해 헹기물에 숨었던 그 신이 깃들 만한 곳을 찾아보기도 했었다. 콩짜개란 잎에 맺히는 물방울 그 너머에 있을까 아니면 저 빗살무늬 토기 같은 웅덩이에 숨어 있을까. 아직까지도 난 그 신을 만나지 못하고….

마지막 행굼을 끝낸 빨래들을 나무에 걸쳐 놓았다가, 집으로 가기 위해 걷어 보면 옷은 처음 걸칠 때 그 모습으로 얼어붙어 있었다. 추운 겨울이었다. 빨래를 마친 후 집으로 돌아오는 어머니의 두 손이 매번 퉁퉁 불어 있었다. 금방이라도 절벽 아래로 떨어져 내릴 것 같은 바위, 흙을 받쳐 주는 아름드리 나무, 아버지 팔근육 같은 나무의 뿌리가 불끈 솟아나 있던 곳. 온 힘을 다해 흙더미와 바위로부터 노단새미를 지켜 내고 있던 커다란 나무의 모습은 낯이 익었다. 그 옆으로 부모의 겨드랑이에 달라붙어 있는 아이들처럼 작은 나무들이 편안한 표정으로 뿌리를 내리고 있었다.

절벽에 다닥다닥 붙어 자라는 콩짜개란 잎에 불현듯 맺혔다가 불현듯 떨어지는 물방울들. 그 물방울의 파문은 물속에 잠긴 자잘한 것들의 형체를 흔들며 밖으로 퍼졌다. 물길이 흐르는 대로 옮겨지던 시선이 빨래터 끝 무성한 풀숲에서 멈춰졌다. 맑디맑던 물이 빨래터를 나갈 때쯤엔 허연 거품을 물고 있는 경우가 태반이었는데, 물은 제 몸에 붙어 있는 거품을 풀숲에 닦으며 빠져나갔다. 몸체를 잃어버린 거품이 바랭이, 모시풀, 물여뀌 대궁에 붙어 있다가 조금씩 꺼져 갔다.

빨래터 너머 풀숲 어딘가에 있다는 또 다른 샘의 이야기며, 물길

끝에 아주 큰 하천이 있다는 이야기, 그 하천의 끝은 바다라는 이야기는 나중에 알게 되었다. 풀숲이 길을 가로막아도 보란 듯이 빠져나가는 물을 보며 나도 저 물처럼 어디론가 흐르고 싶다는 생각을 하고 있었다. 이웃 샘과 만나 하나가 되고 그 하나가 하천에 닿아, 끝내 바다에 이르러 드넓은 세상을 둘러보리라는 것은 내 가슴 저 밑바닥에서 아무도 모르게 흐르고 있었다.

겨울

감사하고 또 감사한 일

또,
비!

자연의 톱니바퀴에 따라
조력을 아끼지 않았던 농부가
열매를 따낼 수 있도록
날씨의 배려는 충분해야 한다

비 온다.

귤나무 이파리들이 빗방울의 무게에 휘청 뒤로 물러섰다가 제자리로 돌아온다. 나뭇잎에 부딪치는 빗방울 소리, 목덜미에 떨어지는 서늘한 감촉, 언뜻언뜻 내 코끝에 와 닿는 물비린내. 보이지 않아도 비의 존재는 충분하다. 그럼에도 귤을 따내는 가위를 놓지 못한다. 하나라도 더 따야지. 바람도 없이 고요하던 나뭇잎들이 소란스럽다. 그 소란스러움을 수직으로 내리꽂으며 빗방울이 떨어진다. 소란스러움과 빗방울의 수치가 정비례의 직선을 그으며 상승한다. 이파리와 열매마다 물방울이 맺히면서 손끝이 젖는다. 인정하고 싶지 않은 비의 실체, 이제 일손을 접어야 하는가.

꾸물꾸물했던 날씨. 기어이 빗방울을 떨어뜨렸다. 예보에 없던 비였지만 일기예보를 믿고 싶었던 것이지 비가 내리지 않을 거라 생각한 것은 아니었다. 하늘은 잔뜩 흐렸고, 요즘 날씨의 비는 연속해서 내리기를 좋아한다. 이러다 혹시 올해도 작년처럼 날씨 때문에 감귤 수확을 망치게 되는 건 아닐까.

일 년 농사에 어느 것 하나 중요하지 않은 일이 없고, 중요하지 않은 시기가 없다지만 수확보다 중요한 게 또 있을까. 일 년치 노고와 보람이 한순간에 다 물거품이 되는 경우를 우리는 작년에 보았다. 태풍도 없이 지나간 감귤 과수원에 노랗게 익은 열매가 수확의 손길을 기다리고 있던 시기. 쉬지 않고 내리는 비는 가을 내내 이어져 나무에서 열매가 썩도록 만들었다. 애타는 농부의 마음이야 있건 말건, 오고 싶으면 오고, 쉬고 싶으면 쉬었다. 쉬어도 일을 하지 못할 만큼, 딱 그만큼씩 내리고 난 다음 쉬었다.

귤 수확철이 되면 제주도 전체 도민이 귤 따러 나설 준비가 되어 있다시피 하는데 허구한 날 내리는 비에 발을 구를 수밖에 없었다. 제때 따내지 못한 귤은 나무에 매달린 채로 썩어 갔다. 추위에 부풀어오르고 과육에 얼음이 박히고, 그러다 하얀 곰팡이가 슬거나 손만 대면 문드러지면서 떨어졌다. 툭툭 떨어져 내리는 열매와 함께 농부들의 마음도 그렇게 떨어져 내렸다. 날씨에 구애받지 않는 비닐하우스 농사를 짓고 있다는 게 얼마나 위안이 되는지 몰랐다.

비가 와도 비닐하우스 안에 있는 한라봉은 안전했다. 1월 중순 이후에나 따기 시작하는 한라봉 수확 철까지는 시간도 좀 있었다. 바깥세상이 어떻든지 간에 노랗게 익어 가는 저 한라봉은 우리를 배신하지 않을 거라는 믿음을 가졌었다. 그런데 폭설이 내렸다. 몇 십 년 만에 처음이라는… 눈발 하나 맞지 않았지만 하우스 안에 있던 열매들은 영하의 문턱을 넘어서 버린 기온 앞에서 모두 무사하지 못했다. 과육에 얼음이 박혔다 풀려난 열매의 맛은 이상했다. 달콤하고 새콤한 맛을 자랑하던 열매들이 하나도 먹을 수 없게 변해 버린 것이다. 눈물을 머금고 모두 폐기할 수밖에 없었다. 노랗게 귤 무덤을 이룬 한라봉과 천혜향이 동그란 눈망울로 농부를 쳐다보고 있었다. 왜 우리가 이렇게 버려져야 하나요? 이해하지 못하는 건 농부도 마찬가지였다. 하룻밤 사이에 일 년 농사가 물거품이 되어 버리다니…

기후의 변화는 우리 생활을 좌우하는 가장 큰 요인 중 하나다. 자연을 존중하지 않았던 인간의 무례함은 고스란히 인간에게 되돌려져 자연으로부터 어떠한 존엄도 지켜 내지 못했다. 초강력 태풍이 오고, 가뭄과 홍수가 만연하다. 기후에도 빈익빈부익부가 있어서 지역 간 날씨의 격차가 심하다. 그 피해가 고스란히 인간 사회를 아프게 한다.

날씨를 예측할 수 없다는 건 농부들에게 가장 치명적이다. 때가 되면 기온이 오르고, 꽃이 필 때가 되면 풍부하게 비를 내려야 한다. 열매가 열려 성장을 하고 나면 서서히 기온을 내려 몸 안에 풍부한 과즙이 돌도록 해야 한다. 자연의 톱니바퀴에 따라 조력을 아끼지 않았던 농부가 그 열매를 따낼 수 있도록 날씨의 배려는 충분해야 한다. 그러나 지금 그러한 배려는 아무 데도 없다. 예측할 수 없는 기온과, 예측할 수 없는 비와 눈, 거기에 좌충우돌하는 동물과 식물, 그리고 인간이 있을 뿐이다. 자업자득이기에 누구를 탓할 수도 없다.

그 사이 빗줄기가 잦아졌다. 본격적으로 비가 내릴 모양이다. 서둘러 따낸 귤을 모아 천막으로 덮고 과수원을 정리했다. 오늘 작업은 이걸로 끝이다.

초록색보다 노란 색감이 더 진한 과수원을 돌아본다. 저 그림에서 노란 색감을 다 빼낼 때까지 날씨는 우리 편이 되어 줄 것인가.

아무것도
하지 않는
비 오는 날의 오후

들는 것은 보는 것보다
더 많은 것들을 느끼게 한다

충직하게 자란 가지들을 다 잘라 냈다. 내 팔 길이만큼, 손가락 길이만큼, 늘씬하고 영양스럽게 자란 것들이다. 더러 병충해 때문에 잎사귀들이 뒤틀린 것도 있지만 대체로 보기가 좋다. 봄에 꽃을 피우고 열매를 맺고 나서도 힘이 남아 있는 나무들은 새순을 올렸다. 잉여의 에너지를 한순간도 그냥 방치할 수 없다는 의지의 다른 표현이다. 필요한 만큼만 취하고 취한 만큼 내어놓는 자연의 법칙이다.

여름 순이 적당하게 있어야 다음 해 해거리 현상이 없다고 했다. 열매가 적당하다는 뜻이므로 너무 많은 열매가 나무에 얼마나 많은 스트레스를 주는지는 여기서도 알 수 있는 것, 무엇이든 과함은 족함만 못하다.

새로 돋는 싹은 병균의 온상이 되기도 하고, 너무 웃자라 나무에게 별로 도움이 되지 않는다고 했다. 혹자는 다음 해 열매가 열리는 가지이기 때문에 잘라 내면 좋지 않다고도 하지만 난 아직 정확하게 판단할 수 없다. 그럼에도 하우스 안을 꽉 채우며 웃자란 가지는 좀 잘라 내는 게 좋다는 생각에서 가위를 들었다. 열매가 달리지 않는 가지 중에서 새순만을 찾아 가위를 댄다고 했지만 가끔 갓난애 머리만큼 큰 한라봉이 같이 떨어져 나오기도 하고, 여름 꽃에서 맺은 열매들이 골프공만한 크기로 잘려진 가지 끝에 매달려 있기도 했다. 웃자란 가지들만 잘라 내도 하우스 안이 한결 가벼워졌다. 비닐하우스 천정을 자꾸 건들던 나무들이 얌전하게 손을 내렸다.

잘린 가지들을 가지런히 모았다. 창포물에 감았으면 좋을 것 같은 긴 머리 같다. 주변에 뒹굴고 있는 끈을 주워 적당한 무게로 묶었다. 잘라 낸 가지를 그대로 두면 두고두고 일하는 데 방해가 되기 때문에 하우스 밖으로 치우려는 것이다. 일은 언제나 뒤처다꺼리가 힘들다. 여기저기 흩어져 있는 가지들을 한 데 모으다 보면 가시에 찔리기도 하고, 나무 아래 깊숙한 곳에 떨어진 가지들을 일일이 다 꺼내어 묶는 게 여간 귀찮지가 않다. 허리도 아프고 손도 아프고 가시가 할퀴고 간 손등과 팔다리도 따끔거린다. 그나마 양이 많지 않아 시간이 많이 들지는 않았다. 다행이다.

잘라 낸 가지들을 다 묶어서 밖으로 꺼내려고 하니 비가 온다. 비 예보는 내일부터였는데 요즘 날씨는 예보보다 훨씬 비가 많다. 노지 귤 수확기인데 이렇게 비가 자주 오면 제때 귤을 따지 못할까 걱정이다.

그런 남 걱정도 잠깐, 난 떨어지는 빗방울 소리에 흠뻑 빠져 있다. 빗소리가 좋다. 컨테이너 박스 천정으로 떨어지는 빗방울의 무게가 경쾌한 높이의 음을 만들고 그 빗방울 사이로 바람의 세기에 따라 리듬도 만들어진다. 강약 없이 작은북소리를 내며 가볍게 떨어지는 빗방울. 리듬을 바꾸며 물결인 듯, 바람결인 듯 흘러 다니는 소리, 일정한 간격을 두고 들리는 큰 북소리. 텅, 텅, 텅, 나무 잎사귀나 전깃줄 같은 곳에 떨어져 고였다가 일정한 양이 되면 한꺼번에 떨어지는 소리다. 딱 알맞은 크기를 내는 팀파니 소리도 들려온다. 저 소리는 누가 내나. 가지가 많이 잘린 소나무, 소나무를 타고 오르는 송악 줄기, 노랗게 물든 잎 몇 개 남아 있는 예덕나무, 그리고 좀 떨어진 곳에 삼나무 방풍림, 컨테이너 뒤에 선 나무들을 하나하나 생각해 보지만 딱히 짚이는 나무가 있는 건 아니다. 딸아이와 그 친구들이 연주하는 오케스트라가 여기서 펼쳐지고 있는 것 같다. 북소리만으로 시작되던 아프리칸 심포니. 그 연주곡은 얼마나 멋있었던가. 개구쟁이가 분명했던 6학년 사내아이가 표정 싹 바꾸고 치는 드럼 소리에 빠져 난생처음 나도 드럼을 배워 보고 싶다는 생각을 했었다.

듣는 것은 보는 것보다 더 많은 것들을 느끼게 한다. 아무것도 하지 않는 비 오는 날의 오후. 할 일이 없으면 당연히 집으로 돌아가야 하는데 과수원 한켠에 있는 컨테이너 속에 앉아 오래도록 빗소리의 갈래를 뒤적이고 있었다.

열풍기를
설치하다

자연 앞에서 한없이 겸손해져야 한다는
사실을 절감하는 순간

　나무와 나무 사이에 집체만한 기계가 설치되었다. 복잡한 전기 회로가 있는 판넬과, 용도를 알 수 없는 모터 같은 것도 달렸다. 열풍기다. 말 그대로 뜨거운 바람을 만들어 하우스 안의 온도를 올려 주는 기계다. 내가 아는 건 여기까지. 말로만 들었던 것의 실체가 눈앞에 있다. 생각보다 크다. 나뭇가지 사이에 비집고 들어앉아도 괜찮은가 하는 걱정이 든다. 기계가 뜨거워지면서 주변 나무들을 태워 버리지 않을까 하는 생각에서다. 바람이 뜨거운 것이지 기계가 뜨거워지는 건 아니라며 괜찮다고 한다. 설치 업자가 괜찮다고 하니까 그런가 보다 하며 지켜볼 뿐이다. 잘 모르면서도 아는 체하는 건 일을 그르칠 뿐이다.

　작년 폭설에 일 년치 밀감 농사를 완전히 망치고 나서 열풍기 설치를 본격적으로 고민하기 시작했다. 열풍기라는 단어는 몇 번

들어 봤지만 그게 어떤 건지, 어떻게 사용하는 건지, 비용은 얼마나 드는지, 우리 하우스에 그게 꼭 필요하기는 한 것인지 등을 판단하기는 쉽지 않았다. 생각보다 설치비용도 많이 들었다. 일 년에 한두 번 쓸까말까 한 것을 그 비용 들여 가며 꼭 설치해야 하는지, 자꾸 머뭇거리게 했다. 작년에 갑작스럽게 불어닥친 한파에 사람들이 그랬던 것처럼 하우스 한컨에 불을 피워 두면 되지 않을까 하는 생각도 했다. 대처 방법을 몰라서, 혹은 그렇게까지 기온이 내려갈 줄 몰랐던 것이 피해를 더 키웠던 것이 사실이니까. 한 번 당해 보고 대처 방법을 알았으니 앞으로는 괜찮지 않을까 하는 생각도 들었다.

눈이 내리기 시작하자 주변에서는 하우스 온도를 높여야 한다고 했다. 그러나 어떻게? 내 생각에는 찬바람 들어오지 않도록 문을 꽁꽁 닫아야 할 것 같은데 남편은 오히려 하우스 측면을 다 열어 놨다. 바람이 통해야 찬 공기가 고이지 않는다는 주장이었다. 정말 그럴까 하는 의심이 들기도 했지만 반박할 근거도 없었다. 하우스 안에 촛불이라도 켜 놓으라고 하는 동네 사람들의 말은 우스갯소리로 넘겨 버렸다. 나중에 안 일이지만 열풍기 시설이 없는 하우스에서는 곳곳에 깡통을 놓고 불을 피웠다고 했다. 일부는 절에서 사용하던 양초덩이들을 모았다가 하우스 곳곳에 놓고 밤새 태웠다고도 했다. 그렇게 한 하우스의 귤들은 무사했다. 그러나 그렇게라도 해야 한다는 사실을 몰랐던 우리는 일 년치 수고를 다 폐기처분해야만 했다. 날씨가 추워 봐야 다 익은 귤에게 얼마나 피해를 주겠냐는 생각이 앞섰던 것이다.

하룻강아지 범 무서운 줄 모른다는 속담이 여기에 해당할까. 아직 날씨의 무서움을 모르는 풋내기 농부였다. 피해는 상상 이상이었다. 그렇게 피해를 당할 수도 있다는 걸 알았더라면 뭐라도 해 봤을 걸 하는 후회를 뒤늦게 해 봤지만 이미 엎질러진 물이었다. 자연 앞에서는 한없이 겸손해야 된다는 사실을 실감하던 순간이었다.

결정을 못하고 미적거리는 사이 남편은 설치 업체를 알아보고 작업을 진행시켰다. 더 이상 추워지기 전에 설치를 끝내야 한다면서. 기술이 없으면 시설이라도 좋아야 한다는 누군가의 지론에 따라 나도 두말하지 않았다.

네 명의 장정이 달라붙어 기계를 옮기고 전기선을 연결하고, 하우스 밖에 기름통을 설치하고 나서는 '닥트 연결은 다른 사람이 할 거니까 기다려 보세요.' 하고 가 버렸다. 한꺼번에 되는 일은 아니구나 하며 기다릴 수밖에… 하긴 닥트라는 걸 연결해야 한다는 것도 처음 알았다. 기계장비 하나 설치하면 되는 줄 알았는데 꽤나 복잡하다.

닥트 연결할 사람은 며칠째 소식이 없다. 사이즈에 맞게 제작해서 가져 온다고 했는데 바쁜 모양이다. 오늘쯤 다시 전화를 해 봐야 하나 어쩌나….

상품과
비상품의
경계에서

따 보면 너무 크고
따 보면 너무 작다

하늘이 맑다. 이제는 잘 볼 수 없는 전형적인 가을 하늘. 12월 초순을 넘기고 있는 시점의 하늘에서 가을을 논한다는 것이 좀 어색하긴 하지만 오늘 날씨는 시간을 약간 뒤로 돌려도 될 것 같다. 햇살은 눈부시고 하늘은 파란색 바탕에 뭉게구름 몇 점 한가하게 떠 있다.

한 손에 가위를 들고, 귤을 찾아 고개를 든 내 망막에 귤보다 먼저 하늘이 들어와 앉는다. 이물질에 가려지지 않은 순수 민낯의 하늘. 어느 시인이 얘기했던 것처럼 손톱으로 툭 튕기면 쨍 하고 금이 갈 것 같고, 새파랗게 고인 물이 만지면 출렁일 것 같은 청정무구. 드물게 보는 파란 하늘이다. 내 일이 아님에도 불구하고 유독 날씨에 민감한 건, 날씨 때문에 피해를 당해 본 경험에서의 동변상련이리라. 올해는 귤 수확기 초반에 비 날씨가 좀 있긴 했지만 그나마 이 정도의 날씨라면 괜찮은 편이다. 오늘은 그중에서도 행운처럼 주어진 맑은 날.

가운데 아주 높게 뜬 비행기 한 대 지나간다. 자세히 보지 않으면 인식하지도 못할 것처럼 작다. 금방 보고도 꿈결인 듯 형체를 놓쳤다가 햇빛에 반짝, 몸체를 드러내는 비행기. 그 뒤로 하얀 꼬리구름이 길게 하늘을 가로지른다. 꼬리 옆에 손톱 같은 낮달이 떠 있다. 가릴 것도 숨길 것도 없이 늘 제자리를 지키는 달. 보이지 않는다고 우린 오랫동안 그 존재를 잊었었다.

아주 짧은 순간이었지만 하늘에게 빼앗겼던 정신을 수습한다. 하늘을 배경으로 서 있는 나무꼭대기에 매달린 귤 두 개가 정신 차리고 자기를 보라는 듯 햇살에 반짝인다. 막 세수를 하고 로션을 바른 열아홉 살 처녀의 탱탱한 두 볼 같다. 가위를 들고 모자라는 키는 까치발을 하고 귤 두 개를 따낸다. 반짝반짝 빛나던 귤이 내 손에 들어왔다.

넘치지 않게 내 손아귀에 들어와 안기는 걸 보면 이건 상품으로 분류해도 되겠다 싶다. 귤을 따면서 가장 난감한 게 상품에 해당하는 귤의 크기를 제대로 감별해 내지 못하는 것이다. 크기별로 값이 달라지는 것도 문제지만 해당된 크기에 맞지 않는 것들이 모두 비상품으로 분류되어 판매를 못한다는 것이다. 그렇다고 가공을 하기도 쉽지 않다. 각종 규제 때문이다. 가공을 하려면 정해진 규격의 시설과 그 시설에 맞는 자본이 투입되어야 한다. 소농인들에게 그 자본은 버겁다. 어찌어찌 시설투자가 되어 가공식품을 만들었다 하여도 판매가 문제다. 대기업이 이미 완전히 장악해 있는 유통망을 뚫을 재주는 없다. 애당초 시작하지 않는 게 정답이다.

할 수 없이 비상품들은 폐기처분을 한다. 반짝반짝 빛나는 귤들, 새콤달콤 맛있는 귤들이 과수원 밭머리, 혹은 길가 한켠에서 썩어 가는 모습은 이맘때 쉽게 볼 수 있는 풍경이다. 어떤 농부가 그 풍경을 제대로 바라볼 수 있을 것인가.

이런 비상품으로 분류되는 귤의 양은 의외로 많다. 까딱 잘못해서 꽃이 좀 많이 떨어지거나, 낙과가 많이 되면, 혹은 반대로 꽃이 많이 피거나, 낙과가 예상보다 적게 될 경우 모두 정 규격을 벗어나 버리는 것이다. 멀리서 보기엔 다 제 규격에 맞는 크기인 것 같아도 막상 따려고 가위를 대면 규격을 벗어나는 것들이 태반이다. 아무리 맛이 좋아도 원하는 규격에 맞지 않으면 모두 폐기처분되어야 한다는 이 사실이 초보 농부인 내게는 도저히 이해되지가 않는다.

이 규정이 정말 농부들의 소득을 향상시키고 있는가. 지정된 크기의 귤이 정말 좋은 귤이라 말할 수 있는가. 크면 클수록 좋은 값에 팔리는 한라봉이나 천혜향 등은 왜 또 이것과 다른 규정을 적용하는가. 아직 내가 잘 알지 못하는 이러저러한 규정들이 나의 머리를 혼란스럽게 한다.

상품을 먼저 따내야 하는 과수원에서 나는 자꾸 큰 것들과 작은 것들 사이에서 헛손질을 하고 있다. 따 보면 너무 크고, 따 보면 너무 작다. 크고 작은 것들 사이의 간극이 유독 내 바구니에서 심하다. 귤을 나르는 사람은 자꾸 내 바구니에서 귤들을 골라 다른 바구니에 담는다. 내가 딴 귤에서 비상품 귤을 골라내는 것이다. 일손을 도우러 왔는데 오히려 일을 방해하고 있다.

좋은 품질을
위하여

그 많은 나무에 다 주려면
막걸리를 직접 만들어야 하나
막걸리 공장과 거래를 해야 하나

스프링클러 꼭지에서 일제히 물이 뿜어져 나온다. 스위치 하나 올렸을 뿐인데 과수원 입구에 있는 물통의 물이 스프링클러를 통해 하우스 안에 일제히 뿌려지는 것이다. 자주 보는 광경이지만 늘 신기하고 재미있다. 물이 한 곳으로만 집중되지 않도록 스프링클러 꼭지가 좌우로 반복하여 움직이면서 물을 골고루 뿌려 댄다.

흙 위의 마른 낙엽과 지푸라기들이 오소소 소리를 내며 물을 받아든다. 차가움에 놀란 듯, 목마름에 반가운 듯. 움찔움찔 몸을 일으키던 지상의 마른 것들이 몇 방울의 물을 더 받아 내고 편안하게 몸을 누인다. 편안해진 것들은 소리까지 제 몸으로 받아드는 것인가. 물방울 떨어지는 소리도 처음보다는 많이 편안해졌다.

물이 흙속으로 스며든다. 파삭파삭 일어나던 흙이 촉촉이 젖는다. 그렇게 젖어든 흙은 오래도록 그 물을 머금었다가 조금씩 나무뿌리에게 전달해 줄 것이다. 나무는 아기가 젖을 빨 듯 열심히 물을 흡수해 나무 꼭대기 끝까지 전달해 줄 것이고, 열매들은 더 싱그러운 얼굴로 농부를 대면해 줄 것이다.

수확기가 가까워질수록 한라봉 맛에 신경을 바짝 쓰는 중이다. 겉으로 보기에는 더 이상 아쉬울 것 없이 좋은 색깔을 보이고 있지만 아직 맛은 만족할 만한 수준이 아니다. 신맛이 강하고, 단맛은 부족하다. 단맛은 일조량이나 온도 혹은 토양에 따라 달라진다고 하지만 신맛은 물로 조절이 가능하단다. 설 명절을 전후하여 수확하기까지 틈틈이 이렇게 물을 주면서 신맛을 조절하면 달고 맛있는 열매를 얻을 수 있는 것이다.

2, 3일에 한 번씩 날씨가 좋은 날을 골라 물을 주면 열매에 있는 산도가 서서히 빠진다. 산도가 어느 정도 빠졌다 싶으면 물주기를 중단하고 햇빛에 잘 익기를 기다린다. 그러면 햇빛을 듬뿍 받으며 나무는 마지막 단맛까지 열매에 다 몰아 주는 것이다.

좋은 품질의 첫째는 좋은 맛이다. 크기가 크고, 색깔이 아무리 고와도 맛이 없으면 좋은 품질이라 말할 수 없는 것은 자명하다. 물론 '있다'와 '없다'의 차이가 약간씩 다르기는 하겠지만 절대치의 기준은 있는 것.

좋은 맛을 위한 농부들의 노력은 상상을 초월한다. 단순히 화학비료에만 의존하는 농부는 경쟁에서 일찌감치 밀려나 있다. 과수원마다 거름을 내는 것은 기본이고, 짚을 깔고, 파도에 밀려온 해초를 걷어 말렸다가 갈아 주기도 한다. 파도가 심한 다음 날 아침 시어머님은 누구보다 먼저 바다로 나가셨다. 파도에 밀려온 해초를 걷기 위한 것이다. 나무 등껍질같이 마른 해초를 간수하는 일은 만만한 게 아니었지만 어머님은 그 일을 멈추지 않으셨다. 아직 나는 한번도 해초를 걷지 못하였고….

최근에는 각종 발효액을 희석하여 뿌려 주면 좋다 한다. 만들어 놓기만 하고 먹지 않는 발효액들을 어떻게 처리하나 고민하고 있었는데 잘 되었다 싶다. 내년 봄에는 집에 있는 각종 발효액들을 다 모아다가 나무에 뿌려 봐야겠다. 처음이라 가시적인 효과가 나타나지는 않겠지만 몇 년 지속적으로 하다 보면 좋은 결과를 얻을 수 있으리라. 죽어 가는 소나무 뿌리에 막걸리를 뿌려 주면 되살아난다는 사실은 알고 있었지만 그게 귤나무에도 적용된다는 것도 처음 알았다. 그 많은 나무에 막걸리를 주려면 집에서 막걸리를 만들어야 하나, 막걸리 공장에 거래를 터야 하나.

과수원 바닥이 흥건해졌다. 이제 스프링클러를 잠가도 되겠다. 흥건해진 흙속의 물이 나무줄기를 따라가 열매의 신맛을 제대로 씻어내 주기를 바라며 스위치를 내렸다.

오선지에
걸린
비둘기

본능적으로 바람을 맞서는 그를.
나의 본능은 어느 쪽을 향하고 있는가

추운 날씨엔 마음부터 긴장이 된다. 발 디딤 하나, 옷 여밈 하나, 하늘을 올려다보는 데도 구석진 곳에 몸을 처박고 있는 세포들을 잔뜩 일으켜 세운다. 건전지 다 된 중국산 벽시계처럼 모르는 사이 발걸음이 늦춰진다면 큰일이다. 걸어온 거리가 길수록 발의 무게가 다리를 타고 올라 허리를 휘어지게 하고 어깨를 짓누르지만 발걸음만큼은 절대 늦춰지게 해서는 안 된다. 걸을 수 있는 시간이 그리 많이 남지 않았다. 어느 순간 의식하지도 않았는데도 습관적으로 움직여지는 발을 느낀다. 초침처럼 째깍째깍, 그 속도 그대로 유지하면서 자박자박, 자박자박….

먼저 걷던 사람이 발걸음을 멈추고 하늘을 보고 있다. 하루 종일 돌과 흙과 바람과 나무들만 벗하다가 문득 사람을 만난다는 것은 반가움보다 부담감이 앞선다. 그녀의 시야 속으로 들어가고 싶지가 않다. 그건 오늘 하루만큼 만이라도 나를 관찰하는 사람들의 눈에서 벗어나고자 했던 오늘의 목적에 위배되는 일이다. 그녀보다 우리가 앞설 수는 없다. 최대한 발걸음을 늦춘다.

문득 바람을 느낀다. 같이 걷는 아들은 내내 바람이 제 뺨을 때리며 간다고 투정을 했다. 때린다는 표현보다 어루만진다는 표현을 쓰면 어떠냐고 한마디 해 본다. 매사 긍정적인 마인드가 필요하다는 걸 가르쳐 줘야 한다는 생각에서 말은 그렇게 했지만 내가 생각해도 어루만지는 수준은 아니다. 하루 종일 바람은 우리들 뺨을 후려치면서 지나갔다.

그런데 발걸음을 약간 늦추었더니 바람의 세기도 약해졌다. 드디어 바람이 내 뺨을 어루만진다. 아들의 눈매도 한결 부드러워졌다. 소나무 이파리 사이를 건너오며 곱게 빗질된 바람은 문득 깊어진 길 아래로 떨어지면서 그 세찬 기운을 다 버렸다. 물이 웅덩이를 만나 천천히 휘돌 듯 바람이 우리 주변을 부드럽게 흐른다. 각을 바짝 세웠던 몸속의 세포들이 사지를 벌리고 드러누웠다. 이런 상태로라면 어깨를 뻗쳐오르던 걸음의 무거움까지도 다 내려놓을 듯싶다. 그러고 보면 우린 하루 종일 바람에게 뺨을 맞은 것이 아니라 우리가 바람의 엉덩이를 걷어차거나 혹은 뺨을 때리면서 다녔던 것 같다. 우리들의 조급한 발걸음이 바람에 부딪치면서 서로에게 아픔을 주고 상처를 주는… 왜 진작 바람도 이번 올레길의 동반자였다는 생각을 하지 못한 것일까. 오늘 목표는 어디에서부터 어디까지라는 쓸데없는 욕심이 그를 적으로 만들었던 것이다. 어떤 일이든 서로 상대적인 것이라고 말은 잘 하면서도 직접 이렇게 실상에 적용하기까지는 왜 이리 어려운 것인지….

앞선 이의 시선을 따라 나도 하늘로 눈을 돌린다. 전봇대 두 개, 거기에 걸린 전깃줄 다섯 가닥, 그리고 그 전깃줄에 음표처럼 앉아 있는 비둘기 스무 마리. 한쪽 방향을 향해 앉아 있는 비둘기의 힘은 길 가던 이의 발걸음을 멈추게 하고, 어떤 시선도 닿는 걸 거부했던 오늘 나의 시간마저 간단하게 무시되도록 만든다. 그 집념의 방향을 향해 카메라를 들이댄다.

흔히 저 자리, 저 모습엔 중산간의 까마귀가 제격일 것인데 일주도로에서 한참 벗어난 바닷가 가까운 올레 코스 지점에서 만난 비둘기의 모습은 분명 사람들의 발걸음을 멈추게 하는 그 무언가가 있다. 일반성에서 벗어난 특이함일까, 아니면 일반성을 모르는 생소함일까.

적당함은 누구에게든 중용의 미덕을 가르치는 법이다. 그러나 그 적당함을 넘어선 자리에 오기가 있고, 불행이 시작되는 걸 우린 얼마나 많이 봐 왔던가. 도가 지나친 바람의 세기는 그들을 죽어라고 한쪽 방향으로 향하도록 만들었다. 피하지 못할 바엔 정면으로 부딪치라는 얘기는 이미 사치다. 본능적으로 바람을 맞서는 그들을 보며 나의 본능은 어느 쪽을 향하고 있는가를 생각한다.

서툰 나의 카메라 각도를 위해 한 발 두 발 다가서는 순간 '화르륵' 불꽃 타오르듯 허공으로 흩어지는 스무 마리 비둘기. 이런!

아직 나의 시선은 그 비둘기 한 마리 한 마리 깃털조차 보듬지 못하고, 그의 눈망울에 맺힌 간절함 하나 간파해 내지 못했는데, 박박 찢어 버린 파지처럼 허공에 흩어지는 비둘기 스무 마리를 망연히 보고만 있다. 무언가 잡아 두려고 하는 것조차 우리들 욕심이다. 한 장의 사진을 위해 그들의 휴식을 파탄내 버리는 이 무식한 폭력이여.

　얄궂은 나의 관심 때문에 떠나야 했던, 비어 버린 그들의 자리를 올려다본다. 음표 없는 오선지가 소리를 내고 있다. 잠시 세상의 무게를 떠안았던 자리에 바람은 다른 누군가를 기다리고 있나 보다. 푸른 하늘 가운데로 솜털 구름 두어 점 다가오고 있다.

금잔옥대에
술 한 잔

너븐숭이 박물관 옆
애기 무덤에 핀 수선화

　수선화 피어 있다. 옥색 받침에 금색 잔 모양 겹꽃이 돌담 아래서 군락을 이루었다. 화려했던 단풍은 짧은 가을만큼 서둘러 떨어지고, 어디를 둘러봐도 상실과 결핍의 허기만 가득한, 감출 수도, 감출 것도 없는, 본색이 다 드러나는 겨울. 확인되지 않았을 때 가지는 실낱같은 희망도 이 겨울에는 바닥을 내보이는데, 어쩌자고 수선화 저 홀로 피어 사람들의 시선을 잡아당기고 있는 것인가.

　오래도록 그 자리에 터를 잡고 있었던 것인지 돌담 아래서 그들의 무리는 긴 행렬을 이루고 있다. 광화문 촛불처럼 바람이 불 때마다 꽃잎들이 일렁인다. 그 일렁임은 바람이 세면 셀수록 더 강렬하다. 어떤 바람이 불어도 절대 꺼지지 않겠다는 의지의 표출인가. 바람보다 더 빨리 누워도 바람보다 더 빨리 일어나 다음에 불어닥칠 바람을 대비한다. 제각각 다른 방향을 향해 있다가도 불어오는 바람의 방향으로 한꺼번에 움직이는 꽃대들. 일사분란한 자유. 그 험한 바람 앞에서도 그들의 몸짓과 표정은 맑고 아름답다.

가만히 그들의 일렁임을 보노라면 스산했던 가슴에 조금씩 핏기가 돌기 시작한다. 얼음기 꽉 찼던 감정들이 데워진 피를 받아 풀리고 흐르고 돌아간다. 바람에 일렁이는 꽃잎들과 괘를 이루는 가슴. 그 일렁임에서 함성을 듣는다.

몇 해 전, 북촌 너븐숭이 박물관 옆 애기 무덤이 있는 곳에서 수선화를 본 적이 있다. 물론 수선화야 이맘때면 제주도 어느 돌담 아래, 길가에서 쉽게 볼 수 있는 꽃이지만 유독 사람의 마음을 끄는 것들이 있게 마련이다. 4.3민중항쟁 당시 북촌 주민들이 집단으로 학살당했던 너븐숭이 빌레 위에, 그때 아무것도 모르고 죽어야 했던 아기의 무덤들이 아기들 장난감처럼 종종종 놓여 있고, 그 거짓말 같은 상황을 현실로 받아들인 채 무덤을 지키고 서 있는 수선화. 바다에서 불어오는 칼바람에도 금장옥대의 꽃을 피우며 아이들의 울음을 혼자 달래고 있었다. 아기 무덤가에 환하게 핀 꽃, 이 어울리지 않은 역설에 한동안 멍한 가슴을 어찌할 수 없었다.

나중에 안 일이지만 그 수선화는 너븐숭이 박물관에 관장으로 일하셨던 분이 지인의 마당에 심어져 있던 수선화를 캐다가 하나씩 심어 놓은 것이라 했다. 바람만 드나드는 무덤가에 무엇이든 놓아 주고 싶었던 관장님의 마음을 그 누가 모르겠는가. 말을 할 수도, 눈물을 흘릴 수도 없는 가슴으로 수선화 알뿌리 몇 개 캐어다 흙 한 줌 품지 못한 빌레 땅을 일구며 심었던 그 마음을….

수선화 곱게 피는 것은 무덤 속 어린 영혼들에게 금잔옥대의 술을 바치고, 누구라도 이 자리에선 그렇게 이들의 영혼을 달래 주라는 그 관장님의 절절한 소망, 그 모습을 알았을까. 누구든 너븐숭이 박물관에 가면 애기 무덤에 먼저 들러 수선화가 건네는 금잔옥대에 술 한 잔 따라 무덤에 건네야 한다. 해맑게 웃는 아기들이 그 술 받아 마실지, 장난처럼 잔을 엎지를지는 미리 생각하지 말자. 수선화가 건네는 두 번째 잔을 받들어 우리도 눈물 같은 술 한 잔 마시고 오자. 그러다 보면 응어리졌던 울음의 뭉치들이 어느 순간 봄 햇살처럼 풀리는 날이 오지 않겠는가.

함성 가득 품은 수선화가 다시 바람에 일렁인다. 감상에 빠져드는 나약한 정신을 흔들어 깨우는 소리다. 제 위치를 파악하지 못한 낙엽들이 아무데나 끼어들어 시야를 흐리고, 세상은 여전히 살벌한 추위에 몸을 더 움츠린다. 그 가운데 푸르게 푸르게 긴 행렬을 지어 움직이는 수선화 무리가 아름답다.

누가
내 삶을
편집하나

말끔해진 하늘,
전깃줄이 없어졌다!

인도의 어느 고행자의 모습으로 겨울바람을 맞고 서 있는 목백일홍 한 그루가 시야에 들어왔다. 그 처참한 몰골에 나도 모르게 사진기를 갖다 대고 보니 마치 거미줄처럼 굵은 전깃줄이 백일홍의 머리를 잘라 내며 지나가고 있었다. 백일홍의 가지보다 굵은 전깃줄은 백일홍의 처지를 더 가엾게 만들고 있었다.

무심코 "저 전깃줄 좀 없애 주면 안 될까." 하고 옆 사람에게 얘기했더니, 다음 날 아침 한 장의 사진이 컴퓨터 화면에 올려져 있었다. 말끔해진 하늘, 전깃줄이 없어졌다!

두 장의 사진을 번갈아 보며 컴퓨터 기술의 발전을 감탄하다 저렇게 분명하게 존재하는 것을 이렇게 감쪽같이 없앨 수 있는 세상이 참 무섭다는 생각이 든다. 필요 없는 것은 언제든 잘라 낼 수 있는 세상.

필요 없다는 의미가 무엇일까. 길가에 굴러다니는 돌멩이 하나도 그 존재 의미는 분명할 텐데, 백일홍의 머리를 자르며 지나던 전기줄에는 어둠을 밝혀 줄 빛의 씨앗들이 안전하게 지나다니는 길일 텐데, 내가 카메라를 들이대던 그 시각 그 자리에 분명하게 하늘 한편을 차지하고 있던 존재가 컴퓨터 좌판 몇 개로 부정되어 버렸다. 그렇다면 사진 속 목백일홍의 존재는 온전할까. 백일홍이 있는 관음사 주차장에는 목백일홍과 전깃줄이 공간을 나누며 서 있어야 하는데 사진 속의 목백일홍의 자리를 관음사 주차장이라 할 수 있을까. 그러고 보면 그 자리에 있다는 사실만으로도 존재의 의미는 충분할 것인데….

섣부른 판단과 생각의 주체에 의해 판가름되는 존재의 의미가 얼마나 우리의 삶을 삭막하게 할 것인가. 어쩌면 우리의 삶도 누군가에 의해 '의미 없음'이라는 낙인이 찍힐지도 모르는, 내 변명 한마디 들어 보지도 않고, 내 가슴 한번 열어 보지도 않고 말이다.

잘록한 허리와 긴 팔다리, 쭉쭉 뻗은 몸매의 연예인들을 보며 감탄을 한다. 그런데 그게 허리 살을 깎아 내고, 팔다리를 길게 조작한 모습이란다. 그 조작은 너무나 정교하여 나처럼 우둔한 눈에는 절대 들통나지 않는단다. 그러나 그 아름다운 몸매의 소유자를 그 연예인이라고 말할 수 있을까. 내가 알고 있는 사실, 내가 알고 있는 사람, 나의 믿음이 사실은 아주 정교한 손에 의해 편집이 된 것이라면, 거기다 아주 사소한 이유 때문에 누군가 내 삶의 일부도 지워 버리고 있다면… 실존이 부정되는 세상에서 우리의 믿음은 어디에 발 디딜 수 있을 것인가.

아, 그래. 어쩌면 나 스스로도 나를 편집하고 있을지도 모르겠다. 내 생활의 면면에서 기억하고 싶지 않는 것들을 잘라 내 버리고 내가 기억하고 싶은 것들로만 머릿속을 채워 가는 건 아닐까. 되돌아보고 싶지 않은 기억, 어둔 밤길을 걸을 때면 거기 어디쯤 피하고 싶은 장소 같은, 그런 기억들이 내 의식의 편집기가 들이대는 가위질에 잘려나가 자리도 없이 우주의 어느 공간을 흘러 다니는 것은 아닐까. 아름답고 예쁜 것들로만 채워진, 그 편집된 기억들을 바라보며 나는 이런 사람이야 스스로 세뇌당하면서 만족해하고 있는 사이, 나는 없어지고 기형적으로 나를 닮은 내가 세상의 변두리를 기웃대고 있는 것은 아닐까.

나무줄기 사이를 가로질러 가던 전깃줄 한 토막이 그대로 남아 있다. 앞뒤 다 잘린 채 마치 나뭇가지처럼 두 줄기 사이에 끼어 있는 전깃줄이 씁쓸하게 숨은그림찾기처럼 걸려 있다. 나무도 아닌 것이 나무 행세를 하느라 욕을 본다. 편집자의 실수다. 의도하지 않게 나무 역할을 하는 전깃줄의 심정은 또 어떨까. 내 이름에 걸려 있는 무수한 역할들 중에 저렇게 앞뒤 다 잘린 채 숨도 제대로 못 쉬면서 해내야 하는 일들은 또 얼마나 될까. 의도하지 않았지만 모든 책임을 고스란히 목에 걸고 해내야 하는 일들. 차라리 흔적조차 지우고 어디론가 없어져 버릴 수 있다면 더 좋을 것을….

의식의 흐름을 그만 멈춰야겠다. 흘러가는 대로 따라가다 보면

이 길 어딘가에 분명히 있을 소용돌이에 빠져 헤어 나오기 힘들 것이다. 사라져 버린 전깃줄의 존재 확인을 원한다면 관음사 그 자리에 다시 한 번 가 보는 게 좋겠다. 분명하게 자리를 지키고 있는 전깃줄에게서 나의 실존을 확인받고 다시 쓰도록 하자.

해가
저문다는 것

2016년과 2017년 사이에
문지방이 없듯
희망과 절망 사이에
경계는 없다

　해가 저문다. 동그랗게 제 실루엣을 드러낸 태양이 나와 눈높이를 마주하고 있다. 순하디 순한 얼굴로 이제까지의 제 노고를 알아 달라는 듯 서녘하늘을 붉게 물들이고 있다. 존재가 드러난다는 것은 그 힘이 쇠약해졌음을 의미하는 것이다. 눈을 들어 올려다보는 것조차 허락하지 않았던 한낮의 절대 권력은 어디에도 없다. 느슨해진 태양의 손아귀에서 눈치껏 빠져나온 만물의 색깔들이 제자리로 돌아간다. 나무와 바다와 하늘의 색깔이 애초 검은색에서 나왔듯 태양의 손아귀를 벗어난 색깔들이 도로 검은색이다. 나무도 바다도 하늘도 모두. 해가 저문다는 것은 태초 하늘과 땅조차 구분되지 않았던 혼돈의 그 상태로 돌아가는 것인가. 사위는 서서히 어둠에 잠기고 하루가 힘겨웠는지 유난히 서녘하늘이 붉은 몸살을 앓고 있다.

　노동의 긴장에서 벗어난 뼈마디들이 오도록오도록 힘을 놓는다. 뼈와 뼈 사이가 최대한 느슨해지면서 몸은 가장 낮은 자세가 된다. 의자에 앉으면 의자 모양이 되고, 바닥에 누우면 몸의 형체가 다 풀어지면서 그대로 바닥이 되어 버릴 것 같다. 육체는 그렇게 객관적 물체가 되어 내 의지에서 점점 멀어지지만, 정신은 온전히 내 영혼의 중심을 이루면서 더욱 또렷해진다. 육체와 정신의 상반된 상태가 극점에 도달했다. 자칫 서로 분리될 것 같은 지점에서 느끼는 이 기분 좋은 피곤함. 오늘도 열심히 살았다는 증거다.

해가 저문다. 그렇게 저문 하루하루가 벌써 365일이다. 그 사이 새순이 나고, 꽃이 피고, 꽃이 떨어진 자리에 열매를 맺었다. 그 열매 어느덧 익어 수확의 시기다. 한 해가 가진 보여 줄 수 있는 모든 것들을 보여 주며 한 바퀴 돌고 나면 다시 제자리. 그 출발 지점에서 다시 새순이 돋고, 꽃이 피고, 지난해 했던 일들을 한 치의 오차도 없이 반복하고 또 반복할 것이다. 닫혀 있다고 생각했던 그 반복의 고리가 과거와 미래를 연결하는 길이었음을 우리는 안다. 아무도 모르게 조금씩 표정을 바꾸어 가는 시간의 어느 지점에서 우리는 진화된 새로운 얼굴을 마주하게 되는 것이고, 우린 지금 그 길의 연결고리 하나를 매듭지으려 하고 있는 것이다.

흐른다. 고여 썩어 가는 모든 정체를 뚫어내며 사람들이 흐른다. 가장 절망적일 때 희망을 얘기할 수 있는 적기임을 믿으며, 2016년 마지막 날까지 촛불을 켠 사람들. 확인되지 않았을 때 가질 수 있었던 최소한의 기대조차 다 사라져 버린 절망과 상실의 시대. 상식적이지 못한 시간이 영원히 이어질 것만 같은 이 암울한 상황에서도 해는 저물어 다시 원점에서부터의 출발을 준비하고, 그렇게 출발한 새로운 시작은 분명 달라질 것이라는 믿음을 갖는다. 2016년과 2017년 사이에 문지방이 없듯, 절망과 희망 사이에 경계는 없다.

까마귀의
고향

이제 먹고살 만하니까
돈 많은 외지인들에게
제 터전 내주고
빈손으로 나앉은 제주 토박이

까마귀. 전선을 꽉 채운 까마귀들이 점선처럼, 음표처럼 앉아 있다. 집으로 돌아오는 교래 사거리. 땅에서부터 차오르기 시작한 어둠이 자동차의 불빛을 피하며 하늘과 맞닿으려 하고, 집으로 돌아가려는 사람들 마음이 조급해지기 시작하는 시간. 돌아갈 곳이 없는 것인가. 어깨를 나란히 맞춘 채 한 곳을 응시하고 있는 까마귀.

'방향을 가진 것들은 무서운 힘이 있다'는 박권숙 시인의 시 구절처럼 일제히 북쪽을 향해 머리 처든 모습에서 느껴지는 저 힘은 무엇인가. 간절함 같은 것, 혹은 분노 같은 것. 광화문 촛불처럼 지천에 억새들이 일렁이고, 바람이 부는 쪽으로 고개를 들고 앉아 있는 까마귀는 매주 토요일마다 광장으로 나온 사람들을 연상시킨다. 저들의 구호는 뭘까. 집을 달라는 걸까. 먹을 걸 달라는 걸까. 시국이 이러니 생각이 틀 안에 갇혀 있다.

신호에 걸려 길게 늘어서 있던 자동차들이 서서히 움직이기 시작한다. '빵!' 신경질적인 경적 소리. 스타카토로 던져진 소리가 굴러 일렬로 늘어 앉은 까마귀들을 정면으로 맞혔다. 볼링 핀처럼 또르르 흩어지는 까마귀들. 한쪽 귀퉁이부터 테이프를 떼어 내듯 전선 위가 깨끗해진다 싶은 순간 여기저기 흩어져 있는 점들. 방향은 없고 혼돈만 있다. 어둠의 알갱이처럼 하늘로 흩어진 까마귀들이 남은 여백을 다시 어둠으로 채운다.

요즘 까마귀들은 고지대에서만 산다. 교래 사거리 전깃줄 위, 성판악 휴게소 나무 위, 절물휴양림 같은 곳이 주 서식처다. 먹을게 부족한 고지대에서 사람들이 흘린 음식 찌꺼기는 그들의 생명을 연장시킬 수 있는 최소한의 식량일 것. 언젠가 성판악 휴게소 나무 아래에서 도시락을 먹은 적이 있었다. 자리를 골라 앉자마자 평상 주변 나무 위로 까마귀들이 날아들기 시작했다. 한 마리, 두 마리, 우루루… '얘들아, 여기 도시락 먹는 사람들이 있어. 빨리와.' 하는 얘기를 하는 듯, 저들끼리 주고받는 소리가 시끄러웠다. 도시락을 펴놓고 먹고 있는데 사방에서 내려다보는 까마귀들 시선이 따가웠다. 압박감이었다. '우리 먹을 거 남겨 놔야 한다.' 뭐이런… 서둘러 자리에서 일어났다. 반은 먹고 반은 버리고… 그 기에 눌려 더 이상 편안하게 앉아 있을 수가 없었던 것이다. 평상을 벗어나자마자 사선으로 내리꽂히는 검은 화살들. 우리가 자리뜨기만을 기다렸던 까마귀들이 사방에서 달려들었다. 푸드덕거리며 먹을 걸 다투는 까마귀들이 오랫동안 먹다 흘린 김밥 쪼가리들을 깨끗하게 거두고 있었다.

내가 어릴 때만 해도 겨울이 되면 먹이를 찾아 내려온 까마귀들을 해안에서도 볼 수 있었다. 학교로 가기 위해 집을 나서면 올레 담벼락 위에 도열해 있는 까마귀들이 무서워 집을 나서지 못한 기억도 있다. 그런 까마귀들이 제주도에 까치가 들어오면서 해안가 땅을 뺏기고 말았다. 겉보기에는 까마귀들이 까치에게 이길 것 같아도 실상은 그게 아니다. 영악하고 민첩한 까치에게 까마귀들이 당해 내질 못하는 것이다.

외지에서 들어온 까치에게 제 땅 내주고 춥고 먹을 것 없는 고지대로 쫓겨 온 까마귀들. 조상 대대로 제주도 화산섬 일구며 살다 이제 먹고살 만하니까 돈 많은 외지인들에게 그 터전 내주고 빈손으로 나앉은 제주 토박이들. 어쩜 이리 판박이일까. 우후죽순처럼 지어지는 주변 건물주, 땅주인들이 모두 낯선 얼굴로 바뀌면서 아는 얼굴들이 점점 사라지고 있다. 고향을 떠난 그들이 어느 바람 부는 겨울날 저렇게 오도맣게 앉아 고향 쪽을 바라보고 있지는 않는 것인지.

겨울
억새

발 짜는 소리는 어쩌면
어머니의 심장 뛰는 소리였으리라

겨울바람에 머리채를 다 뜯긴 억새 한 무리가 초라하다. 바람 때문만은 아니다. 아마 들판의 무법자인 말이나 노루들에게 몸이 찢기워진 것이 아닐까. 하얗게 피워 냈던 가을의 억새머리는 이미 전설이 되어 버렸다. 목이 잘린 지 오랜 몸뚱이는 약한 부위들이 하나씩 몸에서 떨어져 나가는 걸 겨울 내내 느끼고 있을 것이다.

바람이 불어와 아무리 몸을 흔들어 대도 여간해선 몸이 움직여 주질 않는다. 굳은 몸을 기우뚱하는가 싶더니 이내 제자리로 돌아온다. 남은 이파리 몇 개 어지러운 사념처럼 한쪽으로 쏠린다. 부러지지도 휘어지지도 않는 억새는 이미 존재감이 없다. 바람은 눈길 한 번 주지 않고 그냥 지나친다. 제 몸이 흙으로 온전히 돌아가기 전까지 얼마나 많은 오욕의 시간들을 보내야 할 것인가.

억새는 늘 바람과 동행했다. 겨울 밤마다 칼 가는 듯 쉬지도 않고 불던 바람 사이로 며칠 동안 고지(高地)에 가셨던 어머니와 아버지는 경운기를 타고 돌아오셨다. 경운기에는 바람보다 더 길게 자란 억새가 끝도 없이 쌓여 있었다. 팔뚝에 솟아나던 힘줄 선명하도록 억새 다발을 들어 내려놓던 아버지의 얼굴에선 여유로운 땀과 만족한 웃음이 묻어났다.

동네 길가에서 보던 억새와는 차원이 달랐다. 만만하게 내 손에서 휘저어지던 동네 억새와는 달리 그 길이에서부터 차이가 났다. 내 키의 두 배쯤 자란 억새들은 이파리 하나 모지라진 것 없이 쭉쭉 뻗어 있었다. 마치 어떤 강력한 힘이 한꺼번에 한쪽으로 힘을 준 것처럼, 억새는 하늘을 향해 길게 길게 자라 있었다. 초록의 색감을 계절에게 다 내어준 뒤 뒷덜미 은밀하게 제 표정을 숨기며 다가오던 억새의 본색은 얼마나 내 눈을 간지럽히던가.

미끈하고 쭉쭉빵빵한 억새들이 경운기에서 내려지고 몇 날 며칠을 어머니는 억새를 다듬었다. 몸통에서 떨어져 나온 이파리들은 부엌에서 불쏘시개로 쓰였다. 종잇장보다 더 얇게 잘 마른 이파리들은 성냥을 갖다 대기만 해도 화르락 화르락 욕심껏 불길을 빨아들였다. 빨아들인 불길 대신 내주던 억새 이파리의 연기는 아궁이를 타고 올라 아침과 저녁마다 마을을 휘감아 돌며 때론 아득하게 사라지거나, 때론 낮게 마을에 깔려 오래도록 머물다 가곤 했다.

억새의 몸통은 어머니의 차지였다. 저녁 설거지가 끝나면 어머니는 부엌에 발틀을 설치했다. 어른의 한팔 길이 정도 되는 나무를 철봉처럼 만들어 새끼줄 감은 돌멩이를 앞뒤로 걸쳐 놓은 게 발틀이었다. 따로 꼰 새끼줄을 실타래처럼 돌멩이에 감아서 20센티 정도 간격으로 다섯 개쯤 늘여 놓고 억새를 하나씩 올려놓으며 새끼줄 감은 돌멩이를 엇갈려 넘겨주기를 반복하다 보면 어느새 길게 발이 만들어졌다. 발을 곱게 만들기 위해서는 앞뒤, 좌우가 반듯해야 했다. 그러기 위해선 휘어지고 아래 위 굵기가 다른 억새들을 얼마나 적당하게 배치하고 새끼줄을 얼마나 단단하게 조여 내는가가 관건이었다.

저녁을 먹고 나서 등잔불 아래에서 연필에 침을 묻혀 가며 숙제를 하고, 동생들과 장난치느라 어머니에게 한소리를 듣고서 까무룩 잠이 들었는데, 어디선가 토닥토닥 일정한 간격으로 들려오던 소리가 있었다. 그 시간까지 어머니는 발을 짜고 있던 것이다. 토닥토닥 발 짜는 소리 사이사이 눈 내리는 소리가 섞이고, 바람 소리 간간히 들려와 우리의 겨울밤을 같이하곤 했다. 발 짜는 소리는 어쩌면 어머니의 심장 뛰는 소리였으리라. 태중에서 들었음직한 그 편안한 소리. 그 소리를 들으며 우리는 안심하고 또다시 잠에 빠져들곤 했다.

해가 떨어지면 시작되던 겨울밤은 길었다. 그 긴 밤의 대부분을 어머니는 길게 길게 발을 짜고 있었다. 밖에서는 억새 이파리처럼 날선 바람 소리가 밤새 불고 토닥토닥 발 짜는 소리는 그 바람 소리마저 잠 재우려는 듯 길게 길게 이어지고 있었다.

감사하고
또
감사한 일

땀방울 속에서도 건듯건듯
불어오는 바람처럼
행복한 순간들이
얼마나 많았던가

한라봉 열다섯 개가 한 상자 안에 담겼다. 노란 속지에 싸인 노란 과일 색깔이 햇빛을 받아 반짝인다. 찬란한 아름다움. 눈부심을 덜어 내려는 듯 꼭지마다 매달린 초록색 이파리가 눈가의 주름살을 풀어준다. 완벽한 조화다. 내가 만들어 놓고도 잠시 그 아름다움에 취해 가만히 들여다보다 마지막으로 비닐 포장을 덮었다. 이제 이 과일은 내 손을 떠나 소비자에게 갈 것이다. 다 키운 딸을 시집보내듯, 자꾸 상자에 손이 간다. 흠집이 있는 것은 없고 크기도 일정하다. 이파리 방향까지 가장 아름다운 자세를 잡는다. 신부화장을 끝내고도 자꾸 들여다보는 얼굴만 같다.

과정은 힘들었으나 열매는 아름다웠다. 밤과 낮을 구분하지 않았고, 추위와 더위를 아랑곳하지 않았다. 과일 하나하나에 맞춰진 초점이 일 년이라는 시간이 가는 동안 흐려진 적은 없었다. 그 땀과 노력을 먹고 이렇게 열매들은 잘 자라 주었으니 감사하고 또 감사할 일이다.

힘든 것만은 아니었다. 땀방울 속에서도 건듯건듯 불어오는 바람처럼 행복한 순간들이 얼마나 많았던가. 새벽 공기와 더불어 코를 자극하던 귤꽃 향기, 동녘 하늘에 번지는 아침 여명, 비 오는 날 일손을 멈추고 듣는 빗소리, 일하다 마시는 한잔의 커피, 자고 나면 이만큼씩 자라 있는 열매들의 크기, 일을 마치고 돌아올 때 느끼는 기분 좋은 피로감. 그 많은 행복들이 온전히 나를 위해 있었고, 난 누구에게도 나누지 않고 그 행복을 누렸다. 그것만으로도 그간의 노력을 다 보상받은 것 같은데, 이렇게 고운 열매까지 내 몫인 것이다.

농사짓는 것 못지않게 수확하는 게 중요하다는 걸 절감한다. 노지 감귤이 다 마무리되고 설 명절을 앞둔 시점에서부터 따는 시기와 판매 방법을 결정하느라 전전긍긍했다. 제대로 팔 수 있을까 하는 걱정이 앞섰다. 올해는 예년보다 귤값이 좋은 편이어서 수확을 결정하기도 전에 상인들이 돌아다니며 밭떼기 거래를 종용하고, 가격을 흥정해 왔다. 내가 키운 과일을 높은 가격에 팔고 싶은 마음이야 누군들 다르지 않겠는가. 노지 감귤도 여섯 번씩 일곱 번씩 골라 가며 따서 파는 사람들은 남들 두 배 가격으로도 판다는데, 거기까지는 않더라도 남들만큼은 받아야 하지 않겠는가. 남들만큼의 가격은 도대체 얼마일까. 인터넷을 뒤지고, 지인들에게 물어봐도 딱히 정확하게 말을 해 주는 사람은 없었다. 판단과 결정은 오로지 내 몫이었다.

그간 관리해 온 밴드와 블로그를 통해 조금씩 주문이 들어왔다. 오랜 지인들이 알음알음 입으로 소개시켜 준 사람들이 전화를 걸어왔다. 설 명절 차례상에 올릴 거라며, 그간 고마웠던 사람들에게 선물할 거라며, 혹은 부모 형제의 주소를 문자로 찍어 보내 주었다. 맛있다는 감사의 문자 한 통으로 난 우리나라 대표 농부나 된 듯한 기쁨과 자부심을 느끼기도 했다.

그러는 사이 높은 가격에 팔아 돈을 많이 벌었으면 좋겠다는 처음 생각은 잊었다. 대신, 충청도 어느 산골 마을에서, 경기도 바닷가 어느 동네에서, 서울 어디에 산다는 내 또래 가정주부와 회사원들과 나와 비슷하게 농사를 짓는 사람들이 내 재산이 되었으니, 돈 번 것과 다름이 없다. 이 또한 감사하고 또 감사한 일이다. 입안 가득 퍼지는 새콤달콤한 과즙처럼 상쾌한 행복 한 알도 귤상자 한편에 담아 본다.

돌담 사이
곤을동이
있었네

돌담 구멍 사이로 빠져나간
이곳의 사연은 무엇일까

돌담들이 옹송거리듯 서 있다. 길게 뻗어나가야 할 것들이 길을
잃은 듯 제자리에 서서 오지도 가지도 못한다. 품어야 할 알을 풀
숲에 두고 총구를 피해 있는 어미 꿩의 잦은 발걸음처럼 한 곳에
서 서성이는 듯한 모습이 역력하다. 제 앞만 한 바퀴 돌며 한아름
정도의 땅을 감싸 안은 돌담들은 바다를 향해 있기도 하고, 북촌
마을에 시선을 두기도 하고, 먼데 허공을 바라보고 있기도 하다.
좀 널찍하다고 해 봐야 마당만큼, 안방만큼, 혹은 가난한 이의 텃
밭 만큼이다. 누군가 돌담 쌓기 연습이라도 했던 것일까. 무심한
듯 올려져 있는 돌들이 위태롭게 보이지만 아직껏 무너지지는 않
았다. 구멍 성성한 모습으로 바닷바람을 고스란히 걸러내고 있
다. 돌담 구멍 사이로 빠져나간 이곳의 사연은 무엇일까. 모두들
작든 크든 제 영역을 확실하게 구분 짓고 있는 걸 보면 연습을 하
다 팽개쳐 버린 것은 아닌 듯한데…

바람과 함께 빠져 버린 몇 개의 돌들이 담 아래 뒹굴고 있다. 제역할을 하지 못하는 이들에 대한 위로라도 하려는 듯 고사리 덤불이, 뒹굴고 있는 돌들을 이불처럼 감싸 주고 있다. 봄, 여름, 가을을 지나며 이 세상에 먹거리와 초록의 생명을 주었던 고사리들이 제 할 일 다 끝낸 빈 몸으로 또다시 벌거벗은 것들을 감싸 주고 있는 것이다. 맨 손으로도 뚝뚝 꺾여졌던 고사리들은 제 몸의물기를 완전히 바람에게 내주고 나서야 단단해졌다. 웬만한 바람에는 흔들림도 없다가 가끔 휘청거리듯 몸을 턴다. 이탈은 늘 끝점에서부터 시작되는 것, 화려했던 시간의 끝부분부터 뭉그라지기시작한 고사리는 조금씩 그 형체가 단순해졌다. 어느 순간 저 단순한 형체마저도 지상을 버리고 흙속으로 눕거나 바람의 손을 잡을 것이다. 그러나 그 떠남이 있어 다음에 다른 누군가가 찾아올수 있는 것이고….

밭이 키우는 것은 유채나물이다. 꼼꼼하지 못한 채색자의 붓질자국처럼 유채의 초록색이 밭 여기저기 채색되어 있다. 글쎄 거기서여백의 미를 찾는다는 것은 내 시력으로는 분명 무리다. 초록색유채나물이 자리잡지 못한 그곳에 유채보다 더 질긴 잡초들이 자라고 있음은 보지 않고도 충분히 짐작되기 때문이다. 이름도 거론하지 않고 잡초로 뭉뚱그려 넣는 이 매몰찬 무시는 고단했던 기억에 대한 보상심리라고나 할까. 매고 돌아서면 또랑또랑 그만큼자라 있던 바랭이, 쑥, 어꾸… 주인공인 유채나 보리보다 더 주인행세를 해대던 그 이름들이 지금은 겨울이라서 본색을 숨기고 있을 뿐. 여백이라 할 수도 없이 꽉 들어찬 공간은 유채와 잡초들간 땅따먹기 싸움이 치열하게 벌어지고 있는 곳인데, 그 싸움의 현장에서 여백의 미라니….

위에서 내려다본 돌담 느낌이 촌부의 굽은 뒷모습이라면, 아래에서 올려다본 모습은 눈빛 살아 있는 서른 살 즈음의 완숙한 남성이다. 제가 왜 돌담이어야 하는지를 확실하게 알고 있는 듯한, 그리고 그 뜻을 위해서 절대 무너지지 않겠다는 확고한 의지가 보인다. 그 의지에 끝까지 동조하는 건 담쟁이들이다. 돌담 사이사이 손을 집어넣어 행여 있을지 모르는 불안을 잠재워 주던 담쟁이들이 어느덧 제 역할의 경계를 넘어서 버렸다. 간절함은 물질의 본질마저 변하게 하는 것이던가. 아무리 들여다봐도 담쟁이와 돌의 구분이 모호하다. 줄기인 듯 돌인 듯, 담쟁이가 돌을 품은 듯, 돌이 담쟁이를 품은 듯, 그들은 그렇게 한 몸처럼 세월을 버티고 있었다. 그러나 시간이 흐르면서 그 뜻도 변해 갔던 것이리라. 가슴에 저만큼의 구멍이 생길 때까지 무수하게 흘려보냈을 꿈과 희망이 바람과 함께 세상을 떠돌다가 지금은 딱딱한 검버섯으로 돌담에 내려앉아 같이 늙어 가고 있다. 멀리서 보면 군데군데 회벽색 모자이크처럼 보이는….

돌담들이 서 있는 언덕을 받쳐 주듯 아래쪽에서 흐르고 있는 작은 내를 건너면 그제서야 서 있는 작은 팻말 하나. '곤을동 마을 터'란다. 4.3때 사라진….

돌담에 쌓아진 돌의 개수만큼이나 많은 단어들이 바람 소리보다 더 어지럽게 머릿속을 휘몰아친다. 그 단어들은 순식간에 돌담보다 더 질서정연한 문장을 만들어 내고, 그 문장들이 하나의 사연을 또렷하게 말하고 있다가도 어느 순간 와르르 바람에 무너지면서 땅으로 곤두박질치기도 하고, 하늘로 솟아오른다. 이름표 없이는 눈치조차 챌 수 없었던 그 완벽한 지움의 사건과 시간 앞에 잠시 망연해진다. 그 흔한 대나무 한 그루 없고, 사금파리 한 조각 보이지 않은 곳에서 마을터라는 사실을 유추해 내기란 어려웠다. 마을을 이루기엔 옹색하기만한 언덕배기, 그리고 그 좁게 나눠진 구역이란… 생활방식이나, 사고방식이 달라졌다고는 하지만 60여 년 남짓한 시간이 이처럼 사람의 판단을 빗나가게 하는 것일까.

분명 심상치 않은 분위기가 감지되긴 했었다. 아주 많은 시간이 흘러도 변할 수도 떠날 수도 없었던, 거기에 뿌리를 두었던 사람들의 기운이었을까. 흐르는 시간에 얹혀 그날의 흔적과 기억들은 역사의 무게에서 벗어나려고만 하고, 결국에는 아주 작은 단서 하나조차 남지 않은 빈 들이 되어 버린 오늘. 나처럼 올레 코스에만 심취되어 내가 밟고 있는 이 땅이 누구의 삶이었는지, 어떤 기억을 가지고 있는지 전혀 안중에 없는 후대 사람들에게 전하는 강한 원망의 메시지가 무딘 내 신경까지 도달했던 것이었을까.

화북마을을 등지고 서서 걸어온 길을 돌아본다. 곤을동 마을터가 나와 눈높이를 맞추고 서 있다. 그 표정이 나의 마음을 복잡하게 한다. 무엇을 얘기하고 있는지 분명함에도 불구하고 그 눈빛을 똑바로 마주볼 수 없는 건 나의 소시민적인 나약함 때문이다. 그 나약함을 벗기 위해 밝아 가는 길에서 내 위치는 '여전히 하나도 변한 게 없음'으로 파악된 채 또다시 고개를 돌리고 말았다. 바다가 허옇게 거품을 물고 있있다.

선물의
의미

깔끔하고 예쁘게 포장된 귤 박스들이
쌓여 있는 모습은 보기만 해도
그저 흐뭇했다

설 명절이 가까워지면서 한라봉 주문량이 많아졌다. 설 명절에
대한 감사의 선물을 보내기 위함이다. 주문의 대부분은 설 명절
전에 도착해야 한다는 단서가 붙었고, 그러기 위한 마지막 날짜
를 택배회사에서는 제시하고 있었다. 물건을 준비해서 보내는 농
부들이나, 운송을 책임지는 택배회사나 설이 가까워질수록 전쟁
같은 시간들이 이어졌다. 농산자와 소비자 간 직접 유통은 생각
보다 훨씬 활발하게 이뤄져서 하루 종일 택배회사 주차장에는 농
민들의 차량이 들어오고 나갔다. 깔끔하고 예쁘게 포장된 귤 박
스들이 차곡차곡 쌓여 있는 모습은 보기만 해도 그저 흐뭇했다.

대량으로 주문하는 경우는 대부분 모임이나 단체인 경우였고,
하나나 두 개씩 주문하는 사람들은 지인이나 가족들끼리 나눠 먹
기 위해 주문을 하는 경우다.

김영란법 때문에 신문이나 방송에서는 농가의 타격이 클 것이라는 이야기가 많았지만, 처음 실감하는 이번 설 명절에서 김영란법으로부터의 영향은 없었다. 물론 농가마다 차이는 있어서 실제로 피해가 생기는 경우도 있었겠지만 몇 십만 원짜리 선물을 상상하는 사람들이 김영란법을 못마땅해 하면서 대는 이유가 아니었을까. 농가에서 팔 수 있는 상품들 중 5만 원 이상을 넘기는 것들이 얼마나 될까. 갈수록 가벼워지는 주머니 사정을 생각한다면 농산물을 설 선물로 고른 사람들의 선택은 탁월했다고 할 수 있을 것이다.

지난해 지인 몇 명에게 택배 판매를 했던 게 전부여서 별로 기대를 하고 있지 않았는데 의외로 주문이 많았다. 주문량을 맞추기 위해 귤을 따고 포장을 해서 택배회사에 연락을 하면 차가 와서 실어갔다. 주문 내용에 맞추어 크기를 고르고, 중량별로 나누어 담다 보면 꼭 한두 개 오류가 났다. 작은 사이즈를 주문했는데, 큰 사이즈 물건을 보낸다든지, 최종 수량에서 한두 개 차이가 생겨 찾다 보면 같은 이름을 두 개 붙인다든지 하는 것이었다.

그러나 그런 것은 좋았다. 찾아내 수정하고 다시하면 되니까 말이다. 물건을 다 보내고 먼저 물건을 받은 사람들이 잘 받았다는 문자가 들어오기 시작하면서 한시름 놓고 있으면 물건을 못 받았다는 사람들이 꼭 생겨났다. 택배회사 직원이 잘못 배달했거나 혹은 가족 중 누군가 받아 놓고 말을 안 해서 못 받았다고 하는 사람들이다. 운송장번호를 확인하고 일일이 물건의 위치를 파악해 못 받은 사람에게 전해 주는 것도 일이었다. 택배 물건이 설 명절을 앞두고 집중적으로 밀리기 때문에 택배회사 직원들의 실수로 한두 개 빠지는 경우도 있었는데, 택배회사에 사고 처리를 하면 물건값은 돌려받을 수 있지만 제때에 물건을 보내고 싶고, 받아 보고 싶었던 사람들한테는 참으로 난감한 경우가 아닐 수 없다. 돌려받은 물건값이 위로가 되지 않는 것이다.

선물이란 게 마음의 표시이고, 마음은 예민한 거라서 그 시작점과 도착점 사이에서 우리는 그 본 뜻을 전달하기 위해 최선을 다한다고 하지만 늘 이렇게 구멍이 생기곤 하는 것이다. 무언가 특단의 대책이 필요한데 아직 이렇다 할 묘안이 없다.

설 연휴가 시작되면서 배송 전쟁은 끝났다. 전쟁터 같았던 택배회사 주차장도 텅 비었다. 과수원에는 빈 나무들만 남았고, 귤이 매달렸던 흰 끈만 바람에 하릴없이 날리고 있다. 주문 내용이 빼곡하게 적혀 있는 노트도 가방 한구석 무념무상인 표정으로 누워 있다. 고르고 골라 뒤로 내쳐졌던 불량품 귤들이 상황을 파악하지도 못한 채 박스 안에서 파릇파릇한 눈동자를 굴리고 있다.

그동안 무슨 일이 있었는지 생각하지 말기로 하자. 설 명절이다. 조상님께 차례 지내고 친척들과 밀린 수다를 떨고, 맛있는 음식 배불리 먹으면서 즐기기만 하자. 한라봉을 재배하는 농부에게 설 명절은 대나무 마디와 같은 것. 정신없이 그 마디 하나를 넘고 이제 다시 시작을 위해 잠시 숨을 고를 시간이다.

그리운
별꽃

아버지는 이미 하늘의 별이 되셨고
어머니의 기억은 어디에 머물러 있는지
짐작할 수 없지만

    별꽃이 피었다. 과수원 한쪽, 무리를 이룬 초록의 잡초들 사이 하얀 점들이 찍혀 있다. 서서 볼 땐 하얀색 점이지만 허리를 약간 숙이면 그 점은 작은 우주와 같은 꽃잎으로 제 정체를 드러낸다. 허리를 굽히고 예의를 갖추어야 비로소 제 얼굴을 보이는 꽃이다. 지나는 시선들을 잡아끄는 화려한 색깔도, 커다란 몸집도 없지만, 작으면 작을수록 제 안의 힘을 믿으며 자존심을 잃지 않는 꽃송이들. 초록 이파리를 발판 삼아 줄기를 만들고 그 줄기 끝마다 하얀 꽃을 피웠다. 아직 고집스럽게 입을 다물고 있는 봉오리들 머리 위로 2월 햇살이 어르듯 내려앉아 있다.

    북두칠성 꼬리쯤에서 저만 슬쩍 떨어져 나와 연애 한번 못해 보고 다시 별이 되었다는, 빵모자 성긴 치아가 어쩜 너였는지 몰라

로 시작하는 고정국 시인의 〈그리운 별꽃〉을 생각한다. 두 갈래

로 나눠진 하얀 꽃잎을 보고 시인은 성긴 치아를 생각했었나 보다. 어린아이 잇몸에 두 개 돋은 앞니처럼 쌍을 이룬 꽃잎들이 곱다. 별꽃과 쇠별꽃이 비슷하다 하는데, 아직 내게는 그 차이를 구별할 능력이 없다. 비슷하게 생긴 꽃이 다 별꽃이고, 쇠별꽃이다.

하우스 안이라고는 하지만 아직도 바람이 매섭고, 하루 걸러 눈소식이 오가는 2월 초순. 순진한 얼굴을 하고 내 얼굴을 쳐다보는 그들의 눈망울이 맑기만 하다. 세상의 어려움 같은 거 자기완 상관없다는 표정이다. 그들과 눈을 맞추고 가만히 있으면 나도 하얀색 표정이 된다. 세상에서 묻힌 오염들을 다 씻어 내고 잠시 순수의 상태로 돌아가는 것이다.

그들의 표정을 담아 두려고 핸드폰을 꺼냈다. 눈으로 볼 때와는 달리 꽃들은 선뜻 카메라 앞에 나서 주지 않았다. 자꾸 초점을 빗겨 가고 화면에서 사라졌다. 엉거주춤 앉아 있던 내 자세가 자꾸 아래로 내려간다. 최대한 그들과의 눈높이를 맞추고 나니 겨우 포즈를 취해 준다. 순수하게, 때론 몽환스럽게, 혹은 요염하게. 그들의 심기를 거스르지 않기 위해 최대한 조심스럽게 셔터를 눌렀다. 그래서 얻은 몇 장의 사진.

그러는 나를 보고 남편이 또 혀를 찬다. 그렇게 예쁘다 예쁘다 해 놓고 결국은 다 뽑아낼 거 아니냐는 표정이다. 맞다. 과수원에 피는 풀꽃들과 농부는 이렇게 서로 어긋난 운명이다. 이뤄질 수 없는 사랑을 품고 애타는 마음을 카메라에나 담아 둘 수밖에….

아주 어릴 적에 이 별꽃 순으로 된장국을 끓였던 기억이 있다. 제주에서는 이 별꽃을 콩풀이라고도 하는데, 이름에서 주는 이미지와 된장국의 이미지가 얽혀 내게는 구수한 기억이 더 진하게 남아 있는 꽃이다. 그때, 텃밭에서 여린 콩풀을 들고 오셨던 아버지는 이미 하늘의 별이 되셨고, 어머니의 기억은 어디에 머물러 있는지 짐작할 수 없지만, 여전히 내게 이 별꽃은 콩풀이고 된장국의 냄새가 구수하게 나는 꽃이다.

다시 고정국 시인의 〈그리운 별꽃〉 마지막 수.

볼수록 천치 같다는 꽃 한 송이 만나기 위해 대낮에도 반 촉짜리 등을 켜 두는 그대, 오늘은 우리 텃밭에 별이 몽땅 내려와 있네.

돌아가야 할 때를 알고
버티어 준
것들에게

역사의 전면보다
뒤안길의 역사가
더 감동적인 것

아직 돌아갈 시간을 찾지 못했는가. 한생을 버티어 낸 들깨나무가 마른 채 서 있다. 한 편의 연극을 다 보여 주고 더 이상 관객도 이야기도 없는 한겨울 텃밭에서. 여름내 무성하던 잎사귀는 거짓말처럼 사그라들었다. 잎사귀를 탐내던 사람들의 손길도 없고, 진초록의 영양가를 노리던 진딧물과, 그 진딧불의 배설을 따르던 개미들도 다 제 갈 길을 찾아가 버렸다. 세력이란 가진 것이 많을 때 팔을 벌리는 법. 풍성한 몸집 아래 허리를 굽히고, 줄을 서며, 그 그늘 아래 있음을 행복해하던 것들은 더 이상 가을을 넘긴 들깨나무에 눈을 돌리지 않는다.

쇄락한 권력만큼 초라한 게 있을까. 뽀송뽀송 솜털 돋았던 피부 대신 딱딱하게 굳은 표정으로 시절의 추위를 버티어 내고 있는 나무. 움푹 파인 노인의 양볼처럼 줄기마다 긴 골이 패이고 순간

순간 죽음을 느끼는가. 가끔 후두둑 몸을 뒤틀며 놀란다.

내일도 오늘과 별반 다를 게 없다는 사실을 깨닫는 순간의 무기력이 결국 저들의 팔을 내리게 하고, 무릎을 꿇게 하리라. 마른 들깨나무를 뽑는다. 옛 영화에 미련을 둔 그들의 민망한 욕심을 내 손으로 은혜롭게 끝내 주리라. 기다렸다는 듯, 복복복 뽑혀 나오는 허상들. 쌓아 놓은 사체들은 곧 안락하게 흙으로 돌아갈 것이다.

줄기 끝에 종이꽃 같은 마른 씨방이 달려 있다. 조르륵 조르륵 두 줄로 매달려 서로 어긋나기도 하고, 혹은 짝을 이루기도 한 모습. 이미 겨울바람에 찢겨져 나가 이빨 빠진 모습을 한 것들도 있고, 버티기를 포기했는지 몸을 다 풀어헤치고 속에 무엇을 품고 있었는지조차 잊어버린 것들도 있다. 다른 하나를 손가락으로 헤쳐 본다. 말 그대로 깨알들이 살그러니 감싸여 있다가 놀란 듯 툭툭 떨어진다. 아, 생기다 만 알을 꺼내든 내 손의 민망함.

그들은 지금 때를 기다리고 있었던 것이다. 민망한 모습을 무릅써 가면서도 들깨나무가 아직 주저앉지 못하고 있는 것은 씨앗들이 기다리는 그 '때'가 되지 않았다는 것. 초록의 화려한 옷 대신 은회색 옷으로 갈아입고서 제2막의 무대를 공연하고 있는 들깨나무. 1막에서 건네받은 씨앗이 스스로 싹 틔울 수 있는 그 시점까지 버티어 주는 것, 이것이 그들이 맡은 제2막에서의 역할이었던 것이다. 아이가 태어났다고 곧바로 사회에 나가 살 수 없듯이, 바람과 태양 아래서도 굳건히 살아갈 수 있도록 어머니 아버지가 아이들을 노심초사 키워 내듯이, 들깨나무도 씨앗을 품고 그 시간이 되기를 버티고 있었던 것이다. 제 힘의 마지막 한 방울까지 소진하면서 말이다. 역사의 전면보다는 뒤안길의 역사가 더 감동적인 법이다. 풍성하고, 화려하고, 아름다웠던 여름날의 들깨나무보다 아무도 눈여겨보지 않는 겨울날의 들깨나무를 보며 머릿속이 더 복잡해진다.

무지몽매한 내 손에 들깨나무가 뽑혀 나가고 난 뒤, 이제껏 보이지 않았던 고추나무가 보인다. 그 형태조차 제대로 분간할 수 없지만 오로지 빨간색 고추 하나와 아직 빨간 물기도 머금지 못한 초록의 고추 하나가 허공에 매달려 거기에 모태가 있음을 짐작하게 한다. 왕성한 들깨나무의 세력 아래서도 기어이 제 씨앗을 지켜낸 고추나무의 꺾어진 관절을 바라본다. 아직은 돌아갈 때가 아니라고 내 눈을 쏘아보며 항변하는 고추나무의 매서움에 움켜쥔 손아귀를 풀고 말았다.

고추의 껍질이 바람에 삭아 그 속에 자리잡았던 씨앗이 훨훨 떨어져 내릴 때까지, 고추나무는 저 꺾인 관절로 긴 시간을 버틸 것이다. 가벼워질 대로 가벼워진 고추 씨앗들은 어느 순간 작은 바람에도 세상으로 나와 제 어미가 그랬던 것처럼 싹을 틔우고, 꽃을 피우며 다음 생을 이어 갈 것이다.

그러고 보면 내 텃밭에선 그해 모종으로 심은 고추나 들깨보다, 아무도 기대하지 않았던 도난 싹이 더 싱싱하게 잘 자랐었다. 가야 할 때가 언제인가를 분명히 알고 그 시간까지 버티어 주었던 이들의 사랑과 노고이리라.

연극이
끝나고
난 뒤

텅 비어 버린 공간에서
무엇을 어떻게 채워 나갈 것인가

어느 순간인들 아름답지 않았던 적이 있었겠는가마는, 풍성한 결실의 계절이어서 더 아름다웠던 순간은 금세 지나가 버렸다. 내 줄 것 다 내준 빈 몸으로 바람이 되어 서 있는 나무. 노랗게 잘 익은 귤을 가득 담고 불끈불끈 근육을 자랑하던 남자의 얼굴에도 땀방울을 맺게 하던 귤 상자들이 차곡차곡 포개져 있다. 가위질 소리와 일하는 아낙들의 수다가 끊이지 않았던 나무와 나무 사이에 잘려 나간 탯줄처럼 하얀 끈들이 대롱거리고 있다. 목청 높던 사람들의 말소리, 웃음소리, 찰랑찰랑 나뭇가지 부딪치는 소리, 우루루 귤 쏟아지는 소리. 그 소리와 사람들이 사라졌다. 환상이었던가. 마지막 열매를 다 주고 난 과수원은 황량했다. 연극이 끝나고 난 뒤 텅 빈 무대와 객석의 허무함이랄까.

열매는 달았다. 새순이 돋아나던 봄부터 이글거리는 한여름의 태양을 건너고 마지막 남은 한 줄기 햇살의 양분까지 모두 모아 담은 과즙. 거기에 농부의 땀과 부지런함까지 담았으니 달지 않을 수 없었다. 아니, 그렇게 했음에도 불구하고 달지 않을 수도 있었다. 이유도 모른 채, 노력만큼 결과가 나오지 않는 경우를 우리는 얼마나 많이 봐 왔던가. 하면된다의 신화 아래 게으름이나 무능력이란 주홍글씨를 달아야 했던 사람들이다. 주어진 틀 안에서 최상의 결과를 얻었으니 나는 다행 중 다행이었다. 누군가에게 자꾸 고맙다는 말을 하고 싶어질 만큼.

일 년이란 시간이 내게 준 것은 단 열매만이 아니었다. 하루 한 번쯤 하늘을 보며 살자던 새해 소망마저 며칠 못 가 혼적 없이 사라지던 날들이었다. 그런 삶이 농사를 지으면서부터 하늘과 가장 가까운 사이가 되었다. 아침마다 붉은 태양과 눈을 맞추고, 온전히 제 것인 양 하늘을 차지하던 구름의 심기도 눈치껏 알아챌 수 있게 되었다. 활자로 익혔던 작은 꽃들의 이름을 그들의 촉수에 대고 나직이 부를 수 있게 되었다. 그들과 눈높이를 맞추고 서로의 안부를 건넬 수도 있게 되었다. 수평과 수직의 인공적인 것들에서 둥글고 부드러운 자연으로의 회귀. 내 삶에 찾아온 행운 가운데 하나였다.

그렇다고 그 열매가 모두 단 것만은 아니었다. 우리나라에서 농사를 지으며 살아간다는 것은 얼마나 어려운 일인가. 정책에서의 소외, 사회로부터의 소외, 경제적으로의 어려움. 아무리 노력을 해도 주어진 틀을 벗어날 수 없다는 절망감도 온전히 받아들여야 했다. 거대 자본에 밀려 피폐해질 대로 피폐해진 농촌. 포클레인에 의해 뿌리째 드러난 귤나무들을 보면서 우리도 언젠가는 저렇게 삶의 뿌리가 뽑혀질 수 있겠구나 하는 위기감을 느끼기도 했었다.

다시 무대로 돌아와 선 지금. 텅 비어 버린 공간에서 무엇을 어떻게 채워 나갈 것인가는 오로지 내 손에 달려 있다. 뮤지컬 감독처럼 다시 일 년을 구상한다. 한 번의 경험만으로도 내 무대는 더 많이 풍성해지고 세밀해지리라. 기쁨과 환희, 아름다운 감동으로 가득 찬 무대를 위하여 두 손에 장갑을 낀다.